– Não sei como você consegue... fingir assim.

– Mas não estou fingindo, *chérie* – disse ele, tranquilo. – Quero você. Isso nunca foi segredo.

Helen baixou o olhar.

– Então vai ficar muito desapontado, *monsieur* Delaroche. Mesmo que estivesse disponível para um caso, o que não estou, você seria a última pessoa que eu escolheria.

– Pelo menos concordamos em algum ponto – retrucou ele. – Porque eu também não quero ter apenas um *affair* com você. *Au contraire*, quero que seja minha esposa...

Querida leitora,

Desesperada para salvar a propriedade de sua família, a doce Helen Frayne decide recorre ao poderoso Marc Delaroche. A instituição de caridade dele pode ser a solução para todos os seus problemas. Contudo, Helen não podia imaginar que ele faria uma proposta tão ousada. Marc dará tudo o que ela deseja, contanto que Helen aceite ser sua esposa… por completo.

Boa leitura!
Equipe Editorial Harlequin Books

Sara Craven

NÚPCIAS DE VINGANÇA

Tradução
Ana Rodrigues

HARLEQUIN®

2017

Título original: IN THE MILLIONAIRE'S POSSESSION

Originalmente publicado em 2005 por Mills & Boon Modern Romance

Publisher: Omar de Souza
Gerente editorial: Livia Rosa
Assistente editorial: Tábata Mendes
Editora: Juliana Nóvoa
Estagiária: Caroline Netto

Arte-final de capa:
Isabelle Paiva

Editoração Eletrônica:
ABREU'S SYSTEM

Impressão:
RR DONNELLEY
www.rrdonnelley.com.br

Distribuição para bancas de jornais e revistas de todo o Brasil:
Dinap Ltda. – Distribuidora Nacional de Publicações
Rua Dr. Kenkiti Shimomoto, nº 1678
CEP 06045-390 – Osasco – SP

Editora HR Ltda.
Rua Nova Jerusalém, 345
Bonsucesso, Rio de Janeiro, RJ – 21042-235

Contato:
virginia.rivera@harlequinbooks.com.br

CAPÍTULO 1

HELEN NUNCA se sentira tão nervosa.

E a aridez do lugar certamente não ajudava.

Estava bem no centro de Londres, no escritório central da Restauration International, uma organização que se dedicava a projetos de conservação histórica.

Ela esperara encontrar paredes repletas de obras de arte, mobília antiga e tapetes persas. Algo dotado da graça e do charme de antes.

Em vez disso, foi saudada por uma recepcionista muito convicta e despachada para esperar numa sala de vidro e aço cromado, onde havia apenas um bebedouro para lhe fazer companhia durante os longos e enervantes minutos de espera.

As mãos apertavam a alça da pasta enquanto ela repassava mentalmente os pontos que deveria abordar quando estivesse diante dos diretores da Restauration International.

Eles são a minha última esperança, pensou. Todas as outras fontes já secaram. Então preciso que funcione.

– Pareça profissional. – Lottie, uma amiga, aconselhara.

Helen seguiu o conselho à risca e estava usando uma saia cinza de boa qualidade, uma blusa branca de algodão e o velho blazer preto. O cabelo castanho-claro, que precisavam desesperadamente de um bom corte assim que ela tivesse tempo e dinheiro, estavam presos por uma fita preta na altura da nuca. As orelhas estavam ornadas por brincos de prata em formato de bolinha.

Aquela reunião colocava tanta coisa em jogo!

Toda minha vida, pensou ela. Tudo o que tenho de precioso e que agora depende da boa vontade de estranhos.

De algum modo preciso convencê-los de que vale a pena salvar Monteagle. Assim como meu pai e meu avô, não vou desistir de lutar para ver o lugar cair no esquecimento. Ou, ainda pior, nas mãos de Trevor Newson.

Ela estremeceu ao se lembrar do sorriso complacente naquele rosto redondo, como se a vitória dele fosse inevitável. Como se estivesse contando os dias até que pudesse transformar Monteagle no grotesco parque temático medieval que tanto desejava.

Foram esses planos que a convenceram a fazer essa última tentativa desesperada de conseguir dinheiro para realizar os reparos urgentes de que o imóvel tanto precisava.

Todas as outras empresas que ela procurara haviam rejeitado o pedido de ajuda financeira, alegando que Monteagle era uma propriedade muito pequena, sem importância e fora das rotas turísticas.

Mas posso conseguir sozinha. Posso dar conta.

Ao menos fora isso que Nigel dissera, lembrou-se com uma pontada de mágoa. Talvez ela não devesse mesmo esperar que o namorado estivesse ali também. Mas é que eles já vinham se encontrando há um bom tempo, portanto seria lógico que ele se dispusesse a lutar com ela para salvar Monteagle.

Na verdade, Helen precisava admitir para si que Nigel fora meio indiferente em relação à luta para manter a casa. Ele não era um homem de poucas posses: trabalhava em um banco de investimentos e, além disso, herdara um bom dinheiro da avó. Entretanto, nunca lhe oferecera ajuda prática.

Aquilo era um assunto sobre o qual realmente precisariam conversar... assim que ela conseguisse a doação. Afinal, Helen estava determinada a ser autossuficiente e tinha vários projetos em mente para aumentar os lucros da propriedade.

Só que nos últimos tempos eles não tiveram oportunidade de conversar muito sobre coisa nenhuma. O que provavelmente havia acontecido mais por culpa dela. Tudo bem que o trabalho de Nigel realmente o mantivera preso a Londres nas últimas semanas, mas ela estivera tão envolvida em preparar a apresentação para o comitê, que mal sentira falta dele.

Que coisa estranha de se admitir sobre o homem com quem iria se casar!

Mas tudo iria mudar, jurou para si, com remorso. Assim que aquele dia terminasse, ganhando ou perdendo, ela se comprometeria de verdade com Nigel. Atenderia a tudo o que ele já lhe pedira. Incluindo *aquilo*.

Ela sabia que provavelmente estava sendo uma boba antiquada, e que a maioria das mulheres da mesma faixa etária riria se soubesse, mas Helen sempre fugira da ideia de fazer sexo antes do casamento.

Não que tivesse medo de se entregar, pensou, defensiva, ou que estivesse insegura quanto aos sentimentos por Nigel. Mas queria que o vestido branco significasse alguma coisa no momento em que estivesse de pé ao lado dele na igreja do vilarejo.

Mas não podia exigir que Nigel fosse paciente para sempre. Então, por que esperar mais?

Helen foi arrancada dos devaneios quando a porta se abriu de repente e uma mulher loura, alta e magra, entrou. Ela sorriu para Helen de forma educada, porém a olhava de cima a baixo expressando um leve desprezo.

– Senhorita Frayne? Pode me acompanhar, por favor? O comitê está a sua espera.

Ela foi levada por um corredor longo e estreito. Ao fim dele havia uma porta. A mulher abriu-a e afastou-se para que Helen pudesse entrar.

Mais concreto, pensou Helen, relanceando o olhar ao redor. Mais metal, mais vidro. E sete homens de pé diante de uma mesa oval. Todos inclinaram as cabeças de maneira educada a fim de cumprimentá-la.

– Sente-se, por favor, senhorita Frayne. Fique à vontade. – Aquelas palavras vieram do homem que estava de pé diante de uma das cabeceiras da mesa e parecia ser o presidente do comitê. Ele tinha barba, cabelo louro grisalho e usava óculos. Parecia ser de origem escandinava.

Helen afundou na cadeira de couro e aço de espaldar alto, segurando a pasta no colo enquanto todos tomavam os respectivos lugares.

Eles pareciam todos iguais, pensou ela, em elegantes ternos escuros e gravatas de estampas discretas. Exceto um: o que estava recostado casualmente na cadeira, à direita do presidente.

Era mais jovem do que os companheiros de mesa, provavelmente tinha uns trinta e poucos anos, imaginou Helen, e tinha cabelo negro desalinhado e um rosto que ninguém descreveria como belo. O nariz do homem era adunco, os lábios finos e insolentes. Os olhos, que a examinavam sob as pálpebras pesadas, eram escuros e tão impenetráveis como a noite.

Ao contrário do restante dos membros do comitê, muito recatados, ele parecia ter vestido a primeira roupa que vira logo ao sair da cama. A gravata pendia frouxa e o colarinho estava desabotoado.

Parecia que entrara ali por engano, pensou ela, crítica.

E viu quando a boca dele se contorceu em um leve sorriso, como se adivinhasse o que ela estava pensando e achasse divertido.

Helen sentiu-se ao mesmo tempo constrangida e ressentida por ser tão transparente, afinal, não planejara começar assim. Ela olhou o homem desarrumado com frieza e então viu o sorriso se alargar, agora em uma apreciação sensual.

Aquilo a fez perceber, pela primeira vez, que um homem não precisava ser convencionalmente bonito para destilar uma mistura letal de charme e atração sexual.

Helen sentiu como se tivesse sido atraída para um campo de força de puro carisma viril, e se ressentiu.

– Fique à vontade – disse o presidente do comitê.

Meu Deus, ela pensou. Precisava ter fé. A verdade é que nunca se sentira tão deslocada. Nem tão assustada.

Respirou profundamente e voltou a atenção ao homem que falara com ela, de forma deliberada, tentando se concentrar enquanto ele a cumprimentava pelo material que entregara para requerer a doação.

– Espero que isso lhes dê uma ideia do que tem sido feito em Monteagle recentemente – disse ela. – Pretendo aumentar essas atividades. Inclusive tenho a intenção de conseguir um alvará para que casamentos possam ser realizados lá.

Houve murmúrios polidos de interesse e de aprovação, e Helen relaxou um pouco... Mas então percebeu que o homem voltara a encará-la. Os olhos passeavam lentamente pelo rosto delicado e seguiam mais para baixo, acompanhando o movimento dos seios, que subiam e desciam depressa por causa da respiração acelerada. Furiosa, ela tentou se comportar como se não notasse tal avaliação, mas foi traída pelo rubor que lhe coloriu as faces. Por fim, para o próprio alívio, os olhos escuros se fixaram nas mãos dela, que estavam apertadas, uma contra a outra, sobre a mesa.

– Está planejando se casar lá, *mademoiselle*? – a voz dele era baixa e profunda, ela percebeu contra a vontade. E o vocabulário era excelente, apesar do sotaque francês.

Helen ergueu o queixo, encontrou o olhar questionador do homem e desejou com toda ânsia que ela e Nigel já estivessem noivos.

– Sim – respondeu. – Na verdade pretendo sim, *monsieur*. Acho que talvez venha a ser a primeira noiva a se casar ali – acrescentou em uma inspiração súbita.

É claro que não discutira nada com Nigel, lembrou-se, cheia de culpa, mas não achava que ele faria qualquer objeção. E seria um cenário maravilhoso para o próprio casamento... Além disso, também garantiria uma publicidade bastante útil.

– Mas que romântico... – murmurou ele, e voltou a assumir a postura distraída.

Depois disso, Helen se viu respondendo a perguntas de outros membros do comitê, que desejavam que ela explicasse melhor o projeto ou se aprofundasse em alguns pontos que abordara na apresentação. Estava claro que todos haviam lido o documento, pensou Helen, esperançosa, e pareciam mesmo interessados no que ela dizia.

Até que o homem com sotaque francês voltou a interferir.

– Essa não é a primeira vez que tenta conseguir assistência financeira para restauração e modernização da

Casa Monteagle, *mademoiselle*. Essa é uma lista das outras instituições que já procurou, certo?

Helen mordeu o lábio inferior enquanto examinava a lista exibida por ele.

– Sim, é verdade.

– Mas não teve sucesso em seus esforços até então. – A voz baixa a pressionava de alguma forma.

– Não. – Helen olhou para ele com ar de desafio. Naquele momento, parecia haver apenas os dois na sala. – Mas aproveitarei qualquer chance que apareça. Não vou permitir que a Casa Monteagle fique abandonada e farei o que for preciso para salvá-la.

Houve um momento de silêncio, então o homem pegou outra folha de papel.

– O relatório de avaliação que incluiu nos arquivos que nos entregou foi feito há vinte anos.

– Sim – disse ela. – Mas acho que as recomendações ainda se aplicam. Embora os custos, obviamente, tenham aumentado.

– Vinte anos é muito tempo, *mademoiselle*. Por que sua família não fez o necessário quando recebeu esse relatório?

O rosto de Helen ficou ainda mais vermelho.

– Meu avô tinha toda a intenção de fazê-lo, mas foi surpreendido por alguns acontecimentos.

– Poderia explicar um pouco melhor? – indagou ele, a voz aveludada.

Ela inspirou, odiando ser obrigada a confessar o fato.

– Houve uma crise das corretoras de seguro. Meu avô tinha ações do Lloyds Bank e perdeu muito dinheiro, deixando-nos à beira da falência. Ele cogitou, inclusive, vender a Casa Monteagle.

– Isso, obviamente, ainda é uma possibilidade – disse o adversário, com delicadeza. – Não é verdade que a senhorita recebeu do *monsieur* Trevor Newson uma generosa oferta pela propriedade?

– Considero o projeto do sr. Newson totalmente inaceitável – disse Helen, sem formalidade. – Sou uma Frayne, e não vou permitir que o lugar que foi o lar de nossa família por séculos seja descaracterizado conforme ele propõe. Recuso-me a desistir. – Helen se inclinou para frente, e a voz começou a tremer de repente. – Darei um jeito de conseguir o dinheiro e farei o que for preciso.

– O que for preciso? – As sobrancelhas escuras se ergueram de um jeito zombeteiro. – Está realmente muito determinada a defender sua causa.

– Tenho de estar. – Helen ergueu a cabeça. – E se for preciso implorar, eu o farei. Monteagle vale o sacrifício.

Então, como se tivesse soado um alarme que só os homens à mesa pudessem ouvir, a reunião chegou ao fim. O francês voltou a se recostar na cadeira, e o presidente do comitê se levantou.

– Foi um prazer conhecê-la, senhorita Frayne, prometo que vamos considerar seu pedido com todo carinho. – Ele sorriu. – Esperamos chegar a uma decisão até o fim do mês.

– Fico grata por terem me recebido – disse Helen, formal, e saiu da sala sem voltar a olhar o homem que a interrogara de maneira tão dura.

Já no corredor, ela parou e pousou a mão no peito a fim de acalmar o coração.

Mas o que fora aquilo tudo?, se perguntou, perplexa. Tudo começara bem, mas certamente a maioria dos membros do comitê não gostara de saber que aquela era uma das últimas instituições de uma longa lista, conforme sugerira o brutamontes francês.

Deus, ele fora repulsivo, Helen observou ressentida enquanto caminhava de volta à recepção. Para o inferno com todo aquele charme e sensualidade.

Agora ela conhecia exatamente a sensação de ser despida por olhares, e não gostara nada do jeito como aquele homem o fizera. Na verdade, pensou furiosa, considerou até uma variação de assédio sexual...

Mas Helen não pôde evitar especular sobre quem afinal ele seria e quanta influência teria na instituição. Bem, havia um jeito bem rápido de descobrir.

A loura que a guiara até a sala de reuniões estava conversando com a recepcionista. Ambas olharam quando Helen se aproximou, exibindo sorrisos breves e formais.

– Por favor, você poderia me conseguir uma cópia do documento de apresentação da Restauration International?

As mulheres trocaram um olhar e ergueram as sobrancelhas.

– Nós lhe enviamos esse documento ao retornarmos seu primeiro contato, senhorita Frayne.

– É verdade – concordou Helen. – Mas infelizmente o deixei em casa, e há alguns detalhes que eu gostaria de conferir agora. – Ela fez uma pausa. – Então... Se não for nenhum problema...?

Nova troca de olhares. Então a recepcionista abriu uma gaveta com visível má vontade, pegou uma pasta reluzente e entregou a Helen.

– A norma é enviarmos apenas um para cada solicitação, senhorita Frayne – disse ela. – Por favor, cuide bem desse.

– Vou tratá-lo como se fosse um tesouro – assegurou. Antes que conseguisse guardar o material na pasta de couro, ouviu passos atrás de si.

Sentiu um arrepio na espinha, como se adivinhasse quem se aproximava.

Ela se virou devagar para encará-lo, se forçando a demonstrar indiferença.

– Certificando-se de que estou realmente deixando o prédio, *monsieur*?

– Não, apenas saindo para outro compromisso, *mademoiselle*. – Ele olhou de relance para o material que ela segurava. – Meu nome é Delaroche – acrescentou com suavidade. – Marc Delaroche. Eu poderia ter dito antes, caso tivesse perguntado. – *A bientôt*. Até logo – disse ele e saiu, acenando para as outras duas mulheres, que sorriam como tontas. – Nos veremos em breve.

Monsieur Delaroche. Repetiu Helen em silêncio depois que ele se foi. E o que quisera dizer com se verem em breve? Ela controlou outro arrepio. Era como se, de alguma forma estranha, ele tivesse lhe dado um aviso.

Helen ficou feliz por não voltar a esbarrar com Marc Delaroche quando saiu do prédio. Estava nervosa, perdida e estranhamente assustada. Talvez aquela tensão fosse apenas culpa do barulho e da poluição de Londres que tanto a irritavam, pensou, imaginando como Nigel conseguia trabalhar ali, em meio a toda aquela confusão.

Mas pelo menos podia aproveitar a oportunidade para vê-lo, disse a si mesma enquanto digitava no telefone celular. Depois pegaria o trem de volta à calma e à paz do campo e de Monteagle.

Ele respondeu ao primeiro toque, mas obviamente não estava sozinho. Helen podia ouvir vozes e risadas, assim como o barulho de copos tilintando um nos outros.

– Helen? – Nigel parecia surpreso. – De onde está ligando?

– Da Groverton Street – respondeu ela. – Não fica muito longe de seu trabalho. – Ela fez uma pausa. – Pensei que talvez pudéssemos almoçar juntos.

– Almoçar? – ecoou ele. – Acho que não vou poder. Estou um pouco enrolado. Você deveria ter me avisado que viria hoje, assim eu reorganizaria minha agenda.

– Mas eu lhe disse – advertiu Helen, tentando esconder o desapontamento. – Acabei de ter a reunião com o comitê da Restauration International... lembra-se?

– Oh, Deus – disse ele. – Sim, é claro. Ando tão ocupado que acabei me esquecendo completamente disso. – Ele fez uma pausa. – E como foram as coisas?

– Bem, eu acho... eu espero. – Helen tentou afastar os comentários de Marc Delaroche do pensamento.

Apenas um homem, pensou. Uma voz dissonante. Que dano isso poderia causar?

– Eles pareceram interessados – ela acrescentou. – Receptivos... pelo menos a maior parte deles. E disseram que tomarão uma decisão até o fim do mês, então terei de esperar apenas dez dias.

– Bem, vou ficar de dedos cruzados, torcendo por você – Nigel completou. – E talvez, diante das circunstâncias, eu consiga dar um jeito de almoçarmos juntos. Vai ser nossa comemoração. Vou apenas fechar algumas coisas aqui e podemos nos encontrar no Martinique à uma hora.

– Mas não sei onde fica esse lugar – ela protestou.

– O motorista do táxi com certeza saberá – ele disse, levemente exasperado. – É um lugar novo e concorrido. Todo mundo está indo para lá.

– Será que vamos conseguir uma mesa? – Helen perguntou, pensando se teria como pagar o táxi.

Nigel suspirou.

– Helen, você é tão ingênua. O banco tem uma reserva permanente lá. Não há problema. Agora preciso ir. Nos vemos mais tarde.

Ela desligou o telefone e guardou-o na bolsa. Nigel pertencia a um mundo diferente, pensou, sentindo uma pontada de incômodo, e ela precisaria mudar muito para conseguir acompanhá-lo.

Mas posso fazer isso, Helen disse a si, soltando o cabelo que caiu sobre os ombros, esboçando naquele gesto o quão desafiada estava. Posso fazer qualquer coisa.... até mesmo salvar Monteagle. E nada irá me deter.

Um pouco mais tarde, ela entrava no restaurante.

– A *mademoiselle* tem reserva? – perguntou o jovem recepcionista, desconfiado.

– Vim para um encontro... com o sr. Nigel Hartley.

O rapaz examinou o grande livro de reservas diante dele.

– Sim, ele tem uma reserva para as treze horas, mas ainda não chegou. *Mademoiselle* gostaria de tomar um drinque no bar? Ou gostaria de esperá-lo à mesa?

– Gostaria de me sentar à mesa, por favor.

– *D'accord*. Por favor, me acompanhe.

Nigel não exagerara a respeito da popularidade do restaurante, pensou ao entrar no grande salão cheio de janelas que ornavam duas paredes inteiras, e tantas mesas quanto ela imaginaria serem possíveis para tomar o espaço. E todas pareciam ocupadas. O barulho era alto. Ela foi guiada através do mar de toalhas de linho, copos de cristal e talheres de prata, e se descobriu em uma mesa vazia que parecia estar nos últimos centímetros que sobraram no restaurante.

Helen sentou-se em uma das cadeiras de madeira, louca para tirar os sapatos.

– Posso lhe servir alguma bebida, *mademoiselle*? – ofereceu o recepcionista.

– Apenas uma água, por favor – respondeu.

Helen não tinha a menor dúvida de que o Martinique era mesmo um lugar da moda, aquele no qual as pessoas iam para ver e ser vistas, e desejou que Nigel tivesse escolhido um restaurante mais calmo. Também teria preferido que não fosse um restaurante francês. Fazia-a se recordar demais do recente interrogatório ao qual fora submetida.

Queria conversar com Nigel, mas o tipo de conversa particular que planejava dificilmente poderia acontecer naquele ambiente, onde eles teriam de berrar para se fazerem ouvir.

Helen concluiu pesarosa que Nigel deduzira que ela gostaria de experimentar um pouco da vida elegante de Londres. Decidiu então ser cuidadosa para não deixar que ele percebesse a decepção diante da escolha.

Além disso, eles teriam o resto da vida para conversar.

Ele já estava dez minutos atrasado, e Helen começou a sentir-se constrangida por estar sozinha, quando o garçom apareceu com água e um balde com gelo. Na bandeja também havia um copo fino e alto, com um líquido rosado levemente gasoso.

– Sinto muito, mas não pedi isso – protestou, assim que o garçom pôs o drinque sobre a mesa. – O que é?

– É um Kir Royal, *mademoiselle*, feito de champanhe e licor de cassis, e está sendo oferecido com os cumprimentos do *monsieur*.

– Oh – disse Helen, aliviada. Nigel provavelmente ligara para o restaurante e fizera o pedido, pensou, como uma oferta de trégua pela demora. Era o tipo de gesto carinhoso que ela deveria ter esperado dele, e que a fez sentir-se melhor.

Só que ela não poderia fazer a bebida durar para sempre. Quando terminou, Nigel ainda não havia chegado. Estava começando a ficar não apenas nervosa, mas muito irritada.

Quando o garçom se aproximou, Helen o chamou.

– O *monsieur* deixou algum outro recado informando que iria se atrasar? – perguntou. – Por que, caso contrário, vou querer outro drinque.

O rapaz pareceu confuso.

– Não há atraso, *mademoiselle*. *Monsieur* já está aqui, almoçando. Devo consultá-lo, em seu nome?

Helen o encarou.

– Ele está *aqui*? Você deve estar enganado.

– Não, *mademoiselle*. Veja... lá perto da janela.

Helen olhou para onde ele indicava e o coração vacilou por um segundo. Era Marc Delaroche, percebeu, chocada, sentado à mesa com mais dois homens. Ele escutava o que os acompanhantes diziam, mas pareceu sentir o olhar de Helen e se virou para encará-la. Ele inclinou a cabeça em uma breve saudação e levantou o próprio copo, completando o cumprimento silencioso.

Helen imediatamente desviou o olhar, ruborizada e estática.

– Você quer dizer que foi ele... aquela pessoa... que me mandou este drinque? – perguntou. E inspirou, tentando parecer calma, apesar do coração disparado. – Eu... eu não sabia. E nem em sonho vou aceitar outro. Na verdade, é melhor você trazer a conta. Inclua esse drinque e a água. Eu... vou embora.

– Mas a senhorita ainda não almoçou – o garçom ponderou. – E, além disso, *monsieur* Hartley acaba de chegar.

E, realmente, Nigel atravessava o salão naquele momento, alto, louro e impecável, vestindo terno de risca de giz e usando uma gravata de seda assentada com perfeição.

– Aí está você – ele a saudou.

– Sim. Há meia hora, diga-se de passagem – Helen disse, seca. – O que aconteceu?

– Bem, eu avisei que estava ocupado. – Nigel deu um beijinho rápido na bochecha dela. – O cardápio, por favor, Gaspard. Estou com pressa, hoje. Aliás, esqueça o cardápio. Vou querer apenas um bife ao ponto, com salada mista.

– Vou querer o mesmo – disse Helen. – Não quero fazê-lo esperar.

– Ótimo. – Ou ele preferiu ignorar, ou não percebeu a ironia no tom dela. – E uma garrafa do tinto de sempre, Gaspard. O mais rápido possível. – E voltando a Helen. – Quer um drinque, querida?

– Já tomei um. Um Kir Royal, na verdade.

Os lábios dele se contraíram levemente.

– Uma novidade para você, não? O garçom lhe recomendou?

– Não – disse ela. – Mas não se preocupe. Um já foi o suficiente. – Helen ficou envergonhada ao notar o quanto estava sendo áspera com Nigel. E era tudo culpa daquela... daquela *criatura* do outro lado do salão. Mas ela estava tendo a oportunidade de aproveitar um momento precioso com o homem que amava, portanto não iria permitir que nada ou ninguém a atrapalhasse.

Forçando-se a sorrir para o namorado, ela pegou a mão dele e disse com delicadeza:

– Que bom poder ver você. Sabe há quanto tempo não temos essa oportunidade?

Nigel suspirou.

– Eu sei, mas as coisas no trabalho andam tão agitadas por esses dias que não tive tempo para nada.

– Seus pais devem estar com saudades de você.

Ele respondeu com indiferença:

– Eles estão muito ocupados planejando a aposentadoria do papai e fazendo reparos na casa para colocá-la à venda. Não têm tempo para sentir minha falta. – Ele encarou Helen. – Você sabia que logo, logo eles vão se mudar para Portugal?

– Estão vendendo a Oaktree House? – Helen falou devagar. – Não fazia ideia. – Ela olhou para ele, confusa. – Mas e você? É sua casa também.

– Cada vez menos ao longo dos últimos dez anos – respondeu Nigel, com um toque de impaciência. – E agora minha vida é em Londres. Vou até procurar uma casa para comprar. Ah! Finalmente a bebida chegou. Tive uma manhã dos infernos. – Ele começou uma descrição detalhada das vicissitudes do trabalho e permanecia firme nela quando a comida chegou.

Não que Helen estivesse com muita fome. O apetite, pelo jeito, havia desaparecido. Ela também não estava prestando muita atenção às divagações de Nigel sobre o mercado financeiro. A mente estava em outro lugar.

Alguma coisa acontecera, pensou, sentindo-se meio entorpecida, e ela não havia percebido até então. Presumira que Nigel viveria com ela em Monteagle depois que se casassem, e que viajaria diariamente para trabalhar em Londres. Depois de tudo que estava enfrentando, ela não poderia se mudar e usar Monteagle como casa de veraneio.

Mas não havia como conversarem sobre isso naquele momento. Não com Nigel olhando o relógio a cada cinco minutos.

– O dever me chama, querida – disse ele assim que terminou de comer. – Tenho uma reunião às duas e meia. A conta vai direto para o escritório, portanto fique à vontade para pedir uma sobremesa e um café. Nos vemos depois. – Ele mandou um beijo de longe e se foi.

Mais uma vez estava sozinha no restaurante, Helen pensou enquanto afastava o prato. E o fato não passaria despercebido pelo adversário do outro lado do salão. Entretanto, ao olhar com discrição, ela ficou aliviada ao perceber que a mesa que ele ocupara estava vazia. Ao menos não testemunhara o tratamento arrogante que Nigel lhe dispensara. Além disso, ela também não precisaria engolir o orgulho e agradecer pelo drinque. E, se tivesse sorte, nunca mais o veria de novo. Fim da história.

Tudo que desejava é que aquele tivesse sido um dia grandioso, pensou suspirando por dentro, mas, desde que vira Marc Delaroche pela primeira vez, tudo pareceu propenso a dar errado.

Não havia alternativa, a não ser correr para pegar o trem. Já estava pegando a bolsa quando Gaspard voltou carregando uma bandeja que foi devidamente posta diante dela com um floreio.

– Deve haver algum engano – disse Helen enquanto ele colocava na mesa o bule, duas xícaras com pires, duas taças e uma garrafa de conhaque. – Eu não pedi nada.

– Mas eu pedi – retrucou Marc Delaroche, baixinho. – Porque você parece estar precisando. Portanto não recuse, *ma belle, je vous en prie*. Por favor.

E antes que ela pudesse protestar, ele sentou-se à frente, sorrindo diante dos olhos arregalados de Helen.

CAPÍTULO 2

– Pensei que você já havia ido embora. – As palavras saíram sem ela se dar conta, mas deixaram claro que notara a ausência dele.

– Eu estava apenas dando um *au revoir* para meus amigos. – Ele encheu a xícara dela com café. – Antes de voltar para lhe oferecer um *digestif*. – Depois serviu uma boa dose de conhaque em uma taça de cristal e entregou a ela. – Talvez seu acompanhante devesse levar em consideração que... – acrescentou Marc, como se pensasse em voz alta – se ele continuar a correr tanto durante as refeições, acabará tendo uma úlcera antes dos quarenta anos.

– Obrigada. – Helen ergueu o queixo. – Darei a ele seu conselho.

– Tenho certeza de que dará – retrucou ele. – Presumo que seja ele o homem com quem planeja se casar com toda pompa... Mas devo dizer que deixar uma bela mulher sozinha em um restaurante é uma ofensa à natureza. – Ele ergueu a taça. – *Salut*.

– Oh, me poupe! – Ela cerrou os dentes. – Não preciso de seus elogios... nem de sua companhia.

– Talvez não – disse Marc. – Mas precisa do meu voto no comitê. Por isso deveria fazer um esforço para ser mais civilizada.

Queimando por dentro, Helen bebeu um pouco do café.

– Por que está fazendo isso? Pagando drinques... Me forçando a tolerar sua companhia?

Ele respondeu indiferente:

– Porque eu quis encontrar você em uma situação mais informal. – Marc se recostou na cadeira. – Aliás, permita-me dizer que seu cabelo ficou muito melhor assim, solto. Por que o prendeu?

– Queria parecer mais profissional para a reunião – respondeu com frieza. – Por que está ignorando minha vontade óbvia de ficar longe de você?

Ele ergueu a taça, estudando a cor do conhaque.

– Seu noivo chegou tarde e saiu cedo. Talvez eu esteja apenas tentando compensar a falta de atenção da parte dele.

Helen mordeu o lábio.

– Como ousa criticá-lo? Nigel trabalha duro para garantir nosso futuro. E não me sinto negligenciada – completou, com ar desafiador.

– Fico aliviado por ouvir isso, *m'amie* – ele disse ele sem pressa. – Temi por seu bem-estar ao imaginar que ele poderia ser tão rápido na cama quanto é nos almoços.

Helen ficou olhando para ele, chocada de tal forma que sentiu enrubescer até a raiz do cabelo.

– Você não tem o direito de falar assim – balbuciou com voz trêmula. – Deveria se envergonhar.

Ele devolveu o olhar sem uma ponta de arrependimento.

– Posso lhe assegurar de que fui movido apenas por minha preocupação com sua felicidade.

Helen afastou a cadeira, se levantou e pegou o casaco.

– Quando eu conseguir o dinheiro de que preciso para restaurar a Casa Monteagle, encherei o mundo com minha felicidade, *monsieur* – retrucou, irritada. – E esse é o único assunto sobre o qual você tem o direito de questionar. Adeus.

Ela passou por ele e saiu do restaurante, o rosto ainda queimando, mas a cabeça erguida pelo orgulho. Apenas quando já estava descendo rumo à estação do metrô se lembrou de que ele poderia segui-la e impedi-la de partir por qualquer motivo.

Mas é óbvio que Marc Delaroche não faria isso.

Ele era apenas um predador, pensou. Estava sempre procurando por uma vítima em potencial e testando sua fraqueza. Percebera que ela estava sozinha e vulnerável, e atacara, só isso.

Ou não?

Se ao menos ela não ficasse vermelha com tanta facilidade, Helen se recriminou. Só espero que ele interprete isso como raiva em vez de constrangimento, torceu.

Ela não poderia suportar que aquele homem viesse a saber que ela não fazia a menor ideia de como Nigel, ou qualquer outro homem, era na cama. É claro que sabia o que acontecia no âmbito físico, afinal não era tão inocente assim, porém não sabia o que esperar no campo emocional.

Confiava no fato de que sentir amor por Nigel já seria o suficiente. O restante ele poderia ensinar. Fazia algum tempo que o namorado não tentava de fato levá-la para a cama, Helen relembrou, tomada de remorso. Mas ela não podia, e não iria, adiar mais aquele momento. Já esperara demais.

Talvez o medo da rejeição tenha mantido Nigel tão distante dela nos últimos tempos. E Helen estava tão envolvida na própria vida e nos próprios problemas que nem se preocupara com os sentimentos dele.

Mas dali em diante tudo seria diferente, se prometeu, cheia de determinação.

– Não acredito que você já está de volta – Lottie disse enquanto colocava uma torta salgada no forno. – Levei um susto com seu telefonema. Achei que fosse ficar mais uns dois dias por lá. – Ela olhou para Helen de relance, por cima do ombro. – Sua reunião com o comitê não foi tão boa assim?

Helen suspirou.

– Honestamente, eu não sei. A maior parte dos homens que estavam na sala pareceu atenciosa e interessada, mas acho que estavam apenas sendo gentis.

– E esse Marc Delaroche sobre quem me falou ao telefone, também foi "atencioso e interessado"? – Lottie quis saber.

– Não – Helen se virou, os dentes cerrados. – Ele não.

– Como eu adivinhei? – a amiga devolveu, com ironia. – De qualquer modo, como você insistiu tanto, procurei por ele na internet.

– E achou alguma coisa?

– Ele é o presidente da Fabrication Roche, uma empresa que constrói prédios industriais, principalmente em países em desenvolvimento. É multimilionário. Imprimi tudo o que encontrei para você. Só não achei nenhuma foto dele.

– Não tem importância – Helen falou baixo. – Já sei bem como ele é.

E sei também como ele me olha, pensou, se lembrando de como se sentira insultada quando ele a olhou de cima a baixo. E aquele brilho nos olhos dele...

Ela engoliu em seco, afastando a imagem da cabeça com determinação.

– Mas obrigada, Lottie. É sempre bom... conhecer o inimigo.

Helen saiu melancólica da casa da amiga. O dia começara cheio de otimismo e determinação, mas nada acontecera conforme o planejado. E talvez o destino dela já tivesse sido decidido naquele escritório de vidro e concreto.

Preciso de Nigel, pensou. Preciso que ele me abrace e me diga que tudo vai ficar bem e que Monteagle está segura.

Helen entrou pelo portão em forma de arco e ficou de pé, no pátio da frente, olhando para a silhueta da casa à luz das estrelas. Sob aquele ângulo, parecia maciça e indestrutível, mas ela sabia que era apenas ilusão.

Além disso, não era somente o futuro de Helen que estava ameaçado. Havia também George e Daisy Marland, jardineiro e cozinheira contratados pelo avô dela quando ainda eram recém-casados. Quando todos os outros empregados se foram, George aprendera a lidar com praticamente tudo na propriedade, enquanto a esposa, pequena, animada e diligente, se tornara a governanta. Helen dependia deles completamente e ficava nervosa ao pensar que talvez não pudesse lhes garantir um futuro. Principalmente se dependesse de Trevor Newson, que não tivera pudores em dizer:

– São velhos demais. Vou colocar meu pessoal para trabalhar aqui.

Você não vai colocar ninguém, Helen falou para si. Não vou desistir dessa luta.

DURANTE O verão, Monteagle era aberta à visitação pública aos sábados. Marion Lowell, uma historiadora apaixonada, esposa do pastor local, guiava os turistas pelas ruínas medievais e por algumas partes da casa que não eram usadas por Helen e pelos Marland. Quando o tempo estava bom, Helen e Daisy Marland serviam o chá da tarde no pátio da frente.

Naquele fim de semana Helen foi avisada de que um grupo chegaria no meio da tarde.

O ônibus chegou pontualmente, e os visitantes só foram embora depois das seis da tarde, hora em que Monteagle fechava oficialmente.

Após terminar a limpeza, Helen despiu o enorme avental branco que usava em tais ocasiões e ficou apenas com o jeans e a camisa de musselina. Então tirou os sapatos e resolveu passear à beira do lago. O frescor da relva sob os pés cansados era delicioso e o marulhar da água teve o usual efeito calmante.

Ela suspirou e mexeu os ombros, sentindo-se subitamente desconfortável dentro da roupa. Estava com calor e suada, por isso viu-se tentada a contornar o embarcadouro, se despir e mergulhar na água fria.

Porém, tinha a estranha sensação de estar sendo observada e aquilo a perturbou. Olhou ao redor para tentar descobrir alguém e ficou aliviada ao perceber apenas a senhora Lowell, descendo o gramado, sorridente.

– Que tarde esplêndida – disse, triunfante.

– Foi mesmo um bom grupo – comentou Helen, também sorrindo. – E seus comentários durante a visita guiada foram brilhantes como sempre. Só desejaria poder pagá-la.

– Adoro fazer isso – respondeu a senhora Lowell. – Hoje havia um tipo muito diferente no grupo, você não reparou? Muito atraente, de um jeito não convencional. E sofisticado.

– Não reparei em ninguém que pudesse ser descrito como atraente nesse grupo, nem de longe. Mas talvez ele não tenha aparecido na hora do chá para não comprometer a tal imagem sofisticada. De repente estava esperando por champanhe e caviar – Helen brincou.

– Talvez ele até merecesse esse esforço. – A senhora Lowell suspirou. – Que pena que você não viu. O homem ainda tinha aquele sotaque francês maravilhoso...

Helen disse com a voz aguda:

– Francês? Tem certeza?

– Tenho – assentiu. – Algum problema querida?

– Não... Oh, não – negou Helen depressa. – É só que não costumamos receber muitos estrangeiros. Só achei estranho, só isso.

Mas ela sabia que não era só isso.

Era ele, pensou. Tinha que ser...

Assim que a senhora Lowell se foi, Helen voltou correndo ao Grande Salão para checar o livro de visitas. E não precisou procurar muito. A assinatura "Marc Delaroche" era uma das últimas daquele dia.

Ela se empertigou, respirando com dificuldade. Ele chegara sem avisar, mas a visita, obviamente, não era um segredo. Marc queria deixar claro que estivera ali.

Helen desejou apenas ter ficado sabendo mais cedo. Mas não havia necessidade de ficar paranoica, se lembrou. Ele estivera lá, vira Monteagle em um bom momento e agora se fora, sem submetê-la a qualquer tipo de confronto. Ou seja, talvez aquele homem finalmente tivesse se dado conta de que ela não queria contato pessoal, e que dali em diante todos os encontros seriam estritamente profissionais.

Satisfeita com tais conclusões, ela fechou o livro e seguiu para o próprio quarto, trancando a porta.

HELEN ACORDOU na manhã seguinte certa de que não dormira tão bem quanto deveria.

Mas, quando viu o dia bonito, se animou e decidiu passar o tempo no jardim, ajudando George. Antes, porém, foi de bicicleta até a cidade e comprou o jornal.

George esperava por ela na entrada da propriedade.

– Deixe que eu guardo sua bicicleta, senhorita Helen – disse ele, adiantando-se quando ela desceu do selim. – Daisy disse que há uma visita a aguardando. É melhor não deixá-lo esperando por mais tempo.

Helen foi tomada por um coração aos pulos e por secura na boca.

Ela sabia, é claro, quem a aguardava. Quem mais poderia ser?, pensou, os lábios comprimidos de medo.

Decidiu agir com frieza, mas sem perder a educação.

Ele esperava na cozinha, sentado à mesa diante de um sanduíche de bacon e cercado pelos mimos de Daisy, que naquele momento enchia a xícara com mais café.

Helen parou de repente.

– O que você está fazendo aqui? – Ela ouviu o tom agressivo na própria voz e viu Daisy levantar o olhar e torcer os lábios em reprovação.

Marc Delaroche ficou de pé. Usava calças cáqui esportivas e uma camisa preta de mangas curtas. Mais parecia um valentão da periferia de Marselha do que um magnata dos negócios.

– Como pode ver, *mademoiselle*, estou tomando o café da manhã. – Ele deu um sorriso charmoso para Daisy. – Sua governanta é um anjo e está cuidando de mim.

Helen se esforçou para usar um tom mais amistoso.

– Tenho certeza de que ontem viu tudo o que precisava. Por que ainda está por aqui? – Ela afastou uma mecha de cabelo do rosto. – Tenho certeza de que esse vilarejo não faz seu estilo.

– Tenho negócios inacabados aqui – ele disse com tranquilidade. – Por isso decidi passar a noite no Monteagle Arms.

Helen ergueu a sobrancelha, sarcástica.

– Eles não servem café da manhã lá?

– É claro que sim – respondeu Marc. – Mas depois do jantar que serviram ontem, não fiquei muito tentado a experimentar o *petit dejeuner*. – Ele apontou o prato à frente. – Posso continuar?

– Quer café, senhorita Helen? – Daisy colocara outra xícara na mesa, esperando por uma resposta com o bule na mão. Sua expressão indicava que Helen já quebrara todas as boas maneiras da hospitalidade.

– Por favor. – Helen dirigiu a ela um sorriso conciliador e sentou-se contra a vontade na cadeira em frente a Marc.

Sabia muito bem que os seios estavam marcados pela ausência de sutiã, fato que com certeza não passaria despercebido ao visitante indesejado, pensou com raiva, queimando a boca ao provar o café.

– Você mencionou um negócio pendente? – ela comentou, após breve momento. – Presumo que tenha alguma coisa a ver com a casa. – Helen forçou outro sorriso. – Afinal, por que outro motivo estaria aqui?

– De fato – ele concordou, amigável.

– Então... – Helen gesticulou, desajeitada. – Se eu puder ajudá-lo...

– Não pude ver todos os cômodos da casa durante a visita ontem porque sua encantadora guia me disse que alguns eram particulares, acessíveis apenas a você e às pessoas que trabalham aqui. – Marc Delaroche fez uma pausa. – Talvez você possa me mostrá-los agora?

Helen pousou a xícara.

– Isso é mesmo necessário?

– Sim, é – respondeu ele. – Ou eu não pediria. Sua solicitação ao comitê abrangia a propriedade inteira, não apenas áreas selecionadas. Estou certo de que pode entender isso. Suas acomodações incluem cômodos de importância histórica, como a biblioteca e o quarto principal. – Marc a encarou. – Talvez seja lá que você durma – e acrescentou com ternura – Espero que não considere a proposta indelicada.

– Eu nunca dormi lá – retrucou Helen, sem emoção. – A última pessoa a ocupar o quarto foi meu avô, e eu não planejo tornar o espaço acessível ao público.

– Mesmo sabendo que um rei usou o quarto para encontros românticos? Carlos I, se não me engano, é isso?

– Carlos II – corrigiu. – Me parece que ele veio até aqui para seduzir a filha dos donos da casa, que fugira da corte para escapar dele.

Marc ergueu as sobrancelhas.

– E ele conseguiu conquistar o objetivo?

– Não faço a menor ideia – disse Helen, sem querer estender aquele assunto. – De qualquer forma, isso é só uma lenda. E apesar de eu ter sido batizada em homenagem a ela, não acredito em nenhuma linha do que é dito.

– *Quel dommage*. Que pena – ele murmurou. – Mas, sendo lenda ou não, o quarto principal, com todas essas associações românticas, deveria ser aberto ao público. Espero que me permita ser o primeiro a visitá-lo.

Helen terminou de beber o café.

– Como quiser, *monsieur*. Gostaria de ver os outros cômodos agora?

– Por que não? – disse ele com suavidade.

Posso listar vários motivos para lhe dizer não, pensou Helen, irritada, enquanto o guiava pela porta da cozinha. E o primeiro item da lista é o fato de eu precisar ficar sozinha com você, *Monsieur* Delaroche.

E, Deus me ajude, não tenho certeza se isso acontece porque não confio em você... ou em mim.

CAPÍTULO 3

Helen ainda se recuperava daquela revelação quando entraram na biblioteca. Ela enfiou as mãos no bolso da calça e tentou se recompor para receber a lista inevitável de perguntas que viriam. No entanto, Marc permaneceu em silêncio, franzindo o cenho e olhando as prateleiras vazias das estantes de carvalho que escondiam as paredes.

– Era uma coleção valiosa? – perguntou, por fim.

– Sim... Muito. – Ela hesitou. – Meu avô foi forçado a vendê-los na década de 1980, além de algumas telas. Isso quase partiu o coração dele, mas pelo menos deu um pouco mais de fôlego a Monteagle.

Marc balançou a cabeça de leve, o olhar percorria a mobília deteriorada, a pintura descascada e as antigas cortinas de veludo que pendiam frouxas das janelas.

– E é aqui que você passa seu tempo livre?

– Sim, quando tenho esse tempo livre, claro – respondeu. – Lugares como esse sempre dão muito trabalho.

– Entendo – comentou ele de maneira lacônica. – Podemos continuar?

Era melhor mesmo que continuassem, Helen concluiu. Estava muito consciente da proximidade física dele, e isso a deixava nervosa.

Eu deveria ter arranjado alguma desculpa, ela se recriminou. Deveria ter pedido a Daisy que o acompanhasse.

Ele voltou a fazer perguntas enquanto examinava os quadros na parede:

– Há algum retrato da beldade que foi tão desejada pelo Rei Carlos?

– Sim – ela admitiu, relutante. – Meu avô não abriria mão dele. Está no quarto principal.

– Mal posso esperar para vê-lo – murmurou ele. – *En avant, ma belle.*

– Se importa de não me chamar assim? – Helen perguntou por sobre o ombro quando eles voltaram a andar. – O que diria se eu começasse a saudá-lo falando "Olá, bonitão!"?

– Eu a aconselharia a consultar um oftalmologista – Marc respondeu, seco. – Diga-me uma coisa *mademoiselle.* Por que se ressente quando um homem deixa claro que a considera atraente?

– Não fico ressentida – retrucou. – Desde que seja o homem certo.

– E eu sou o homem errado? – Agora ele pareceu estar se divertindo.

– Realmente preciso responder? Você já sabe que estou noiva e que vou me casar.

– É claro... Mas onde está seu noivo?

– Ele não pôde vir neste fim de semana. – Helen parou de andar e levantou o queixo, desafiadora. – Mas isso não é da sua conta.

– Neste fim de semana? – completou ele, pensativo. – E quantos fins de semana antes deste ele também não pôde vir? Você sabe que todo mundo no vilarejo faz comentários sobre isso.

– No bar do Monteagle Arms, com certeza – reagiu Helen – Você não deveria dar atenção a fofocas de desocupados, *monsieur*.

– Ah, mas fiquei sabendo de muita coisa ali – disse Marc Delaroche com a voz suave. – E não apenas sobre seu amante desaparecido. Eles também falaram sobre sua luta para manter essa casa. As opiniões são divididas. Uns acham que é muito corajosa, outros a consideram uma boba, mas ninguém acha que você vai conseguir...

– Que delicadeza da parte deles – zombou Helen por entre os dentes. – Isso deve ter contribuído muito para a conquista do meu objetivo. – Ela fez uma pausa. – Eles sabem quem você é... e por que está aqui?

– Eu não disse nada, apenas escutei – respondeu com indiferença. – Falaram de seu avô com muito carinho. Mas não de seus pais. Você também não falou nada deles. Isso é um pouco estranho, não?

Helen mordeu o lábio.

– Eu mal os conheci. Eles deixaram a Inglaterra quando eu era bem pequena, e meu avô me criou com a ajuda de várias babás, por isso éramos tão próximos. Meu pai viajava o mundo com minha mãe, hospedando-se na casa de amigos ricos e ganhando a vida com o baralho e o tabuleiro de gamão. – O olhar dela agora se fixava em um ponto além dele. – Em uma dessas viagens houve algum problema e o avião caiu no mar. Todos morreram. Meu avô ficou arrasado e desistiu de lutar pela casa. Ficou... resignado. Passou a pensar apenas em sobreviver.

Helen levantou a cabeça, recuperando o orgulho.

– Mas Monteagle é minha agora. E quero mais para este lugar.

– Foi difícil para você me contar essas coisas? – A voz dele soou estranhamente gentil.

– Tudo isso é parte da história de Monteagle. – Ela deu de ombros. – Então você tem o direito de perguntar. Mas os detalhes pessoais param por aqui – acrescentou, encarando-o com nova frieza. – Você está aqui a trabalho e acho que devemos nos comportar profissionalmente.

Oh, Deus, gemeu Helen em silêncio. Escute o que está dizendo. A senhorita certinha! Hipócrita!

– Ah – ele disse. – Nesse caso, todas as perguntas nesse estilo devem ser rigorosamente evitadas? – O sorriso dele era cínico. – Me pergunto como você pretende fazer isso.

Ela mordeu o lábio.

– Esse é um problema seu, *monsieur*. Não meu.

Ela abriu as portas duplas diante deles, ao fim do corredor.

– E aqui, conforme você pediu, o quarto principal.

As cortinas estavam fechadas, escondendo as janelas compridas. Helen caminhou até elas e as abriu, deixando o sol entrar.

Era um cômodo grande, o papel de parede estava desbotado. No centro havia uma enorme cama com dossel, sem colcha, mas com os cortinados de cetim ainda no lugar.

Marc Delaroche caminhou em direção ao quadro que estava pendurado sobre a lareira. A mulher retratada lhe pareceu dura, e até mesmo um pouco tímida. Ele assobiou baixinho.

– Imagino quanto tempo ela lutou até ceder ao rei – falou, meio para si.

– Acho que tem a imaginação muito fértil, *monsieur* – retorquiu Helen, com a voz levemente trêmula.

– E eu acho que você está se esforçando demais para parecer uma mulher recatada. – A voz dele era quase um suspiro.

Antes que ela pudesse prever o movimento dele e se afastar, Marc Delaroche ergueu a mão e traçou o contorno da boca de Helen, deixando o dedo penetrar nos lábios a ponto de sentir a quentura úmida interior.

Por mais estranho que pareça, teria sido menos íntimo e menos chocante se ele a tivesse beijado.

Helen arfou e se afastou, as pupilas flamejantes encontrando os olhos zombeteiros dele.

– Como você ousa... me tocar? – As palavras dela cortavam como lâminas de gelo.

– Que reação convencional – ele disse. – Estou desapontado.

Ela sentiu a garganta apertar de raiva. Caminhou até a porta, abriu-a e falou:

– A visita acabou. Por favor, vá embora.

– Mas eu ainda não vi tudo. – Ele não fez questão de se mover. – E vim até aqui principalmente porque queria vê-la de novo. E fazer uma pergunta...

– Pergunte – disse Helen, tentando manter a frieza. – E depois vá embora.

Marc falou com suavidade.

– Quer passar esta noite comigo?

Helen ficou rígida, encarando-o com os olhos arregalados. Quando finalmente conseguiu falar, a voz saiu rouca:

– Você perdeu o bom senso.

– Ainda não – retrucou ele, os olhos se demorando sensualmente sobre o corpo dela. – Acho que falta mais um pouco para isso acontecer.

Helen pressionou a mão sobre o rosto quente.

– Como ousa falar assim comigo? – balbuciou. – Me insultar dessa maneira?

– Onde está o insulto? Estou dizendo que a desejo e que a quis desde a primeira vez em que nos vimos. E, por favor, não finja que não percebeu – acrescentou, a voz ainda suave –, porque eu não escondi o que sentia.

Parecia mais inteligente ignorar aquilo. Helen lutou para acalmar a respiração.

– Você parece ter se esquecido de que estou prestes a me casar.

– Foi ele quem se esqueceu disso, *ma belle* – replicou ele, com certa crueldade na voz.

– E você achou que só porque ele não está presente eu o procuraria em busca de... consolo? Eu amo Nigel e pretendo me entregar somente a ele e a mais ninguém. Mas é claro que alguém como você não é capaz de entender isso – acrescentou ela, com desprezo.

Um estranho silêncio pairou no quarto enquanto ele a observava, os olhos estreitos. Então finalmente falou:

– Você está errada, *m'amie* – disse, tranquilo. – Porque acabo de entender tudo. – Ele deu um suspiro breve e profundo. – Vejo que precisarei ser paciente com você, Hélène, mas minha recompensa final valerá a pena.

– Vá para o inferno! – gritou ela. – Eu prefiro morrer do que deixar você tocar em mim outra vez.

Marc a alcançou antes mesmo que terminasse de falar e a puxou-a para si, lhe cortando a respiração ao capturar a boca delicada em um beijo.

Nada na vida de Helen a preparara para o calor cruel daquele beijo. Ele demorou o tempo que quis, explorando profundamente, capturando cada gota de doçura.

Quando Marc enfim a liberou, fagulhas dançaram nos olhos negros.

– Está vendo? – disse, com ironia. – Ainda está viva. Portanto aprenda com isso e não venha com desafios ridículos que não pode cumprir. – Marc pegou a mão dela e levou-a à boca, com a palma para cima.

Helen não conseguiu conter um gritinho quando ele mordeu de leve a carne macia sob o polegar.

– *Au revoir, ma belle* – disse, baixinho. – E lembre-se de uma coisa: em minha próxima visita vou querer passar a noite com você.

E saiu, deixando-a parada ali, muda, trêmula e com a mão pressionando a boca ainda quente.

– A MAIORIA dessas ervas-daninhas que está arrancando são plantas que queremos manter, senhorita Helen – George disse em tom de reprimenda.

Helen voltou a si num sobressalto, culpada, olhando as plantas murchas que jogara no carrinho de mão.

– Oh, meu Deus – disse, chateada. – Desculpe.

Imaginara que um pouco de jardinagem poderia trazer um pouco de calma, mas não estava adiantando.

A lembrança de Marc Delaroche interferia completamente na concentração, e isso a deixava enfurecida.

Tentara ligar para Nigel para implorar que ele fosse até Monteagle. Mas o telefone celular dele estava sempre desligado ou fora de área.

E mesmo se conseguisse falar com ele, o que diria? Que precisava de um beijo e de um abraço para afastar o gosto de outro homem?

Helen ainda sentia a boca inchada e latejante... Mas talvez estivesse exagerando, pensou. Ele lhe passara uma cantada. Apenas isso. O tipo de coisa com a qual deveria ser capaz de lidar caso tivesse um mínimo de sofisticação.

Mas, ainda assim, preferia não ter de se confrontar com ele. Teria sido bom tê-lo como aliado na decisão do comitê, mas agora as chances de isso acontecer eram nulas.

Tal situação a deixou deprimida. Com certeza não o queria como amante, e provavelmente nem como amigo, mas também não gostaria de tê-lo como inimigo...

O DIA seguinte amanheceu cinzento e chuvoso, e a temperatura despencou, impedindo qualquer trabalho ao ar livre. E, se o tempo continuasse daquele jeito durante o fim de semana, os turistas não apareceriam.

Felizmente, Marc Delaroche não fizera mais nenhuma tentativa de entrar em contato. Mas pensar nele ainda a deixava desconfortável, e Helen não conseguia se esquecer do beijo tão rapidamente quanto gostaria.

Tudo seria mais fácil se ela conseguisse falar com Nigel, porém não conseguia encontrá-lo em número nenhum, nem no celular, nem no telefone de casa. E quando finalmente ligou para o escritório dele, a secretária informou que ele passaria a semana em Luxemburgo, a trabalho, e que não tinha autorização para fornecer o telefone do hotel.

É claro que Helen se ressentiu um pouco por ele não ter entrado em contato, mas sentiu-se desleal e logo afastou o pensamento. Além do mais, Nigel com certeza viria no próximo fim de semana, lembrou, afinal seria aniversário da mãe dele.

Entretanto, não conseguia afastar a irritação ao perceber que Marc Delaroche, por mais desprezíveis que fossem os motivos dele, mostrara mais interesse por Monteagle do que Nigel jamais tivera. E admitia que ele estava certo quanto à importância de restaurar o quarto principal e abri-lo ao público.

Sendo assim, ela pegou um bloco e uma caneta e voltou ao quarto onde estivera com Marc para fazer um inventário do que era preciso ser reparado ali. Sabia que aquele lugar seria prioridade no projeto, mas lamentava que tivesse precisado ser alertada por Marc Delaroche para se dar conta disso.

NA NOITE de sexta-feira, Helen estava sentada à mesa da cozinha fazendo contas, quando Lottie chegou para uma visita.

– Olá! – Ela olhou Helen de maneira interrogativa. – Alguma novidade?

– Ainda não. – Helen suspirou. – E eu tinha certeza de que receberia alguma notícia esta semana.

– Na verdade – disse Lottie –, minha pergunta se referia a um aspecto mais pessoal. – Ela olhou ao redor. – Está sozinha? – perguntou, claramente desapontada.

– Agora não estou mais. – Helen colocou os papéis de lado e se levantou para encher a chaleira de água. – Quem você estava esperando?

– Pensei que Nigel estaria aqui, por isso até planejei uma visita rápida – explicou. – Então... Onde ele está?

Helen deu de ombros enquanto pegava o bule.

– Acho que deve estar chegando amanhã. Ainda não tive notícias dele.

Lottie franziu o cenho.

– Mas o carro dele está estacionado na casa dos pais desde cedo, por isso pensei que estivesse aqui.

Helen continuou a preparar o café, tentando não demonstrar a tensão que lhe apertava o estômago.

– Nigel deve estar planejando uma surpresa para mim – disse.

Quando a amiga foi embora, Helen se viu confusa e preocupada por Nigel não ter entrado em contato. Ele deveria supor que estava ansiosa para vê-lo.

Bem, não iria ficar parada esperando, por isso deixou para pensar já com as mãos no telefone, enquanto ligava para a casa dos pais dele.

Ela torceu para que Nigel atendesse, mas, obviamente, foi a mãe dele quem o fez.

– Oh, Helen – disse, sem nenhum prazer na voz. – Sinto muito, mas esse não é um bom momento. Temos hóspedes e estamos no meio do jantar.

– Sinto muito – disse Helen –, mas realmente preciso falar com ele.

– Mas não esta noite. – A voz da sra. Hartley era dura e foi complementada por um suspiro impaciente. – Oh, bem, se for algo muito importante, ele pode ligar amanhã, certo?

Não é nada importante, Helen pensou, apenas o restante da minha vida.

– Obrigada – disse com suavidade. – Vou aguardar o telefonema dele amanhã.

Mas havia alguma coisa errada, pensou ao desligar. O sentimento que lhe apertava o peito era de receio, não de antecipação.

Na manhã seguinte, um sábado, o tempo amanheceu nublado, porém sem chuva, o que provavelmente traria uma boa leva de visitantes que não teriam a praia como opção. E pelo menos agora o grupo não teria a presença de Marc Delaroche.

Estava a caminho da cozinha quando viu pela janela o carro dos correios indo embora. Ao encontrar Daisy, perguntou:

– Algum telefonema para mim?

– Não – respondeu Daisy, colocando um bule de chá fresco em frente a ela.

– E o correio, o que trouxe?

– Algumas contas – falou. E continuou, após uma pausa. – E isso. – Então entregou um envelope em papel sofisticado, com a logo do comitê.

O coração de Helen apertou. Ela pegou uma faca na mesa e usou-a para abrir o envelope.

As palavras "Nós lamentamos" dançaram na frente dos olhos, tornando desnecessário ler o restante. Mas, ainda assim, fez uma leitura dinâmica de toda a carta, e aquelas breves linhas significaram mais um fracasso.

George entrara na cozinha e parou ao lado da esposa. Ambos a encaravam, ansiosos.

Helen tentou sorrir, mas foi difícil.

– Sinto muito, mas não tivemos sorte.

– Oh, senhorita Helen, querida...

Ela cravou o dente no lábio inferior, lutando contra as lágrimas que ameaçavam correr descontroladas diante da compaixão na voz de Daisy.

– Isso quer dizer que a senhorita terá que vender a propriedade para o senhor Newson? – perguntou George, bastante perturbado.

– Não – disse ela. – Não vou fazer isso. Nunca.

Helen percebeu que havia mais um papel no envelope, uma nota escrita de próprio punho pelo presidente do comitê, desejando-lhe sorte e dizendo: "O senhor VanStratten e o senhor Delaroche argumentaram muito persuasivamente a seu favor, mas, ao fim, pesou a decisão da maioria"

Ela amassou o papel nas mãos. Aquele hipócrita maldito defendera a causa dela?, pensou com raiva. Santo Deus, aquela era a punhalada definitiva.

Então disse em voz alta:

– Deve haver mais alguma coisa que eu possa fazer. Mais alguém a quem possa recorrer. Vou ligar para Nigel e pedir que me aconselhe.

– Ele não foi muito prestativo até agora – murmurou George.

– Mas agora vai ser diferente – disse Helen, demonstrando mais confiança do que realmente sentia. – Ele vai descobrir um jeito de nos ajudar.

Para evitar incorrer novamente na desaprovação da mãe dele, Helen ligou para o celular de Nigel.

– Sim? – A voz dele parecia desconfiada.

– Nigel? Meu bem, poderia vir até aqui, por favor? Preciso muito vê-lo.

Houve um momento de silêncio do outro lado da linha, até que ele continuou:

– Escute, Helen, não é um bom momento.

– Sinto muito por ouvir isso, mas acredite que, para mim, é um momento bem pior – falou, sem rodeios. – Aconteceu uma coisa e eu preciso que você me dê algum conselho. – Ela fez uma pausa. – Prefere que eu vá até aí?

– Não – respondeu ele, bruscamente. – Não, não faça isso. Estarei aí em meia hora. Entrarei pelo portão lateral, no jardim, e a encontrarei no lago.

– Se é assim que prefere – falou, em tom ácido –, por mim está bem.

Durante a conversa Helen foi firme, mas quando desligou se mostrou assustada. De repente a vida parecia estar desmoronando e ela não sabia como lidar com aquilo.

Nigel já estava esperando quando Helen chegou ao lago. Ele andava de um lado para o outro, a impaciência era visível.

– Finalmente! – ele a saudou, irritado. – Mas o que aconteceu?

– Acho que eu deveria fazer essa pergunta. – Ela parou alguns metros distante dele, o encarando. – Você não avisou que vinha e agora está me evitando. Por quê?

Nigel desviou o olhar, constrangido.

– Veja, Helen... Sei que deveria ter falado antes, mas não é fácil dizer isso. – Ele fez uma pausa. – Você deve ter percebido que as coisas já não estão muito bem entre nós há algum tempo.

– Eu realmente percebi que não temos nos encontrado muito, mas pensei que você estivesse trabalhando demais. Afinal, foi isso que me disse. – Ela escondeu as mãos trêmulas nos bolsos da saia.

– E quanto a você? – ele perguntou, ainda mais irritado. – Sempre às voltas com essa ruína decrépita onde mora... mendigando alguns trocados a mais. Você recebeu uma boa oferta por este lugar. Por que não age como alguém inteligente e aceita logo enquanto isto aqui ainda está de pé?

Helen ofegou.

– Como pode dizer isso... Você sabe o que Monteagle significa para mim!

– É verdade, eu sei – falou, ácido. – Ninguém sabe melhor do que eu. Sempre estive em segundo lugar.

– Nigel, precisamos conversar sobre nós. Falarei sobre a casa depois.

– Helen, já não existe "nós" há muito tempo, mas parece que você se recusa a encarar isso.

Ela cravou as unhas nas palmas das mãos.

– Talvez porque eu ame você.

– Bem, então você tem um conceito muito estranho sobre o amor – Nigel retrucou, mal-humorado. – Sinceramente, já estou farto desse "mantenha as mãos longe de mim até estarmos casados". Fiz de tudo para levá-la para a cama, mas você nunca quis saber da ideia.

Helen mordeu o lábio.

– Eu... eu percebi isso agora, e eu... sinto muito. – O olhar dela era suplicante. – Achei que você pudesse esperar.

– Não. – O tom foi brusco. – Homens que precisam implorar demais acabam perdendo o interesse. – Ele balançou a cabeça. – Sempre haverá apenas uma paixão em sua vida, Helen. Monteagle.

Ela falou com cuidado.

– Você quer dizer que... que não me quer mais?

Nigel suspirou.

– Vamos ser honestos, o que houve entre nós foi um namorico de adolescência que nunca funcionou depois que ficamos adultos. Acho até que podemos ser amigos – ele acrescentou, agitado. – Mas encare a verdade, Helen, você nunca se interessou muito por sexo. Pois agora encontrei uma pessoa mais calorosa... E vamos nos casar. Ela veio comigo neste fim de semana para conhecer meus pais, portanto não seria bom que você ficasse me ligando a cada cinco minutos.

– Entendo – disse ela, engolindo em seco. – Mas você sabe, eu tinha a estranha impressão de que estávamos noivos.

Ele deu de ombros.

– Sei que conversamos sobre isso – falou, meio sem jeito. – Mas não definimos nada. Tenho ambições, Helen, e você não está à altura delas.

– Se eu tivesse dinheiro, com certeza tudo seria diferente, não é?

Ele a encarou, irritado.

– O dinheiro importa. Ou você vai fingir que não?

– De jeito nenhum. Ainda mais agora que o meu pedido de doação foi recusado.

– Bem, o que você esperava? Obviamente eles não iriam querer investir em uma causa perdida. É assim que os negócios funcionam.

Ela se encolheu, magoada.

– Nigel – disse, inflamada. – Eu... eu estou tentando salvar o lar que amo. Achei que você poderia dar alguma sugestão... ou indicar alguém que pudesse ajudar.

– Você está brincando, não é? – O tom dele era sarcástico. – Minha sugestão é: procure um marido rico. Isso se conseguir achar algum, sendo frígida como é...

Aquilo foi mais do que Helen podia aguentar. Ela deu um passo, com a mão erguida, tomada por uma necessidade meio insana de apagar aquele ar de desdém do rosto dele com um tapa.

Nigel recuou, levantando o braço para se defender, e afundou os sapatos caros em uma poça de lama. Então se desequilibrou e caiu de costas no lago, espalhando água para todos os lados.

Ele rapidamente se pôs de pé, encharcado e vermelho de ódio.

– Vaca! – gritou com a voz rouca.

Helen se virou e começou a caminhar de volta para casa sem olhar para trás.

Ela tremia e ofegava, e estava tão cega pela crueldade de Nigel que não viu a pessoa parada diante dela, até que colidiu no corpo másculo. Deixou escapar um grito.

– Fique calma – disse Marc Delaroche com carinho. Ele passou os braços ao redor dela, amparando-a com firmeza. – Vou cuidar de você. Venha comigo até a casa.

Sentindo-se entorpecida demais para resistir, Helen apenas obedeceu.

CAPÍTULO 4

Helen sabia de que ele quase a carregara para casa. Uma sensação de calor e segurança a envolveu quando ela se viu segura entre aquelas paredes tão familiares.

Quando voltou a pensar com clareza, se viu sentada no sofá da biblioteca, com uma xícara de chá quente aninhada entre as mãos geladas.

Marc Delaroche estava parado diante da lareira, olhando as chamas do fogo que, ao que parecia, ele mesmo acabara de acender.

Ele usava jeans e uma camisa azul, com os primeiros botões abertos e as mangas enroladas, revelando a sombra dos pelos negros do peito e dos braços.

Marc virou a cabeça devagar e encontrou um olhar acusador.

Helen soltou com a voz rouca.

– Você sabia, não é? Sobre Nigel. De algum modo, você sabia.

Ele ficou em silêncio por um momento, até assentir com relutância.

– Sinto muito, mas, sim. Vim para avisá-la. Mas já era tarde demais.

– Como você soube? – ela perguntou, meio que para si.

Marc deu de ombros.

– Eu estava sentado próximo à janela naquele dia no Martinique e vi que ele estava acompanhado quando chegou de táxi. Aliás, a despedida entre os dois foi tão ardente que quase fiquei com inveja.

Ele fez nova pausa.

– Então vi quando ele se juntou a você e deduzi quem era. Aí já não achei mais graça nenhuma.

– Você sentiu pena de mim – ela devolveu, amarga.

– Talvez – confessou ele. – Mas apenas por um instante. Porque logo pude perceber que você era forte e que se recuperaria da decepção.

– Decepção? – Helen ecoou com raiva. – Meu Deus, acabo de ser dispensada pelo homem que amei durante toda minha vida e você fala disso como um pequeno incidente.

Ela parou um instante e se voltou para ele mais uma vez.

– Por que não me contou naquele dia?

– Porque eu já sabia que a decisão do comitê não lhe seria favorável e não quis sobrecarregá-la de más notícias.

– Preferiu me deixar sofrendo no paraíso dos tolos – concluiu. – Muito obrigada.

– Que tal concordarmos que era uma situação delicada para nós dois? – sugeriu ele.

– Nós dois? Estou sozinha nisso.

– Tem certeza?

– Acha o quê, *monsieur* Delaroche, que Nigel vai largar a noiva fogosa dele por mim, uma mulher sem um pingo de sofisticação e frígida? – Ela se descontrolou, mas logo se deteve, horrorizada pelo que dissera.

– Ele lhe disse isso? – Marc Delaroche ergueu as sobrancelhas. – E como ele sabe?

Helen o encarou em silêncio, quase paralisada de vergonha, quando entendeu o que Marc acabara de dizer. Oh, Deus, pensou, ele... ele *sabe* que sou virgem.

Mas se recusou a se deixar afetar ainda mais. Em vez disso, jogou a cabeça para trás, finalmente aceitando a fatalidade.

– Monteagle e Nigel, as duas coisas que mais me importavam na vida. Perdi as duas hoje.

– Percebi que colocou a casa antes de seu noivo – comentou Marc.

– Sim. Nigel também mencionou isso hoje. Mas sabe o que é o pior disso tudo, *monsieur* Delaroche? Você ter presenciado tudo. – Ela quase se sufocou com as palavras que saíam rapidamente. – Você é como uma praga, sabia? Sempre que está perto de mim, algo dá errado.

Ela torceu as mãos e continuou.

– Pois bem, já se divertiu, *monsieur*. Se veio para isso, pode ir embora agora. Preciso ficar sozinha. Acho que até mesmo você pode entender isso.

O olhar dele também era frio.

– Seu conceito de diversão é muito estranho, *ma chère* – falou Marc, sem pressa. – E embora eu lamente profundamente estar lhe oferecendo mais desgosto, devo dizer que ainda não tenho intenção de partir. Não vim aqui apenas para alertá-la, mas também para oferecer ajuda.

– Oh, é claro. Você intercedeu a meu favor perante o comitê. Acho... acho que devo agradecer.

– Se eu tivesse conseguido que lhe dessem a doação, talvez – respondeu. – Mas do jeito que as coisas estão, não quero que se torture tentando agradecer.

– Mas por que fez isso? – ela quis saber. – Você já sabia o resultado. E não me parece o tipo de pessoa que apoia causas perdidas.

Ele deu de ombros.

– Talvez por achar que você não merecia fracassar de novo. – Marc olhou Helen atentamente. – Então... o que planeja fazer agora? Vai aproveitar a oferta do *monsieur* Newson, caso ainda esteja de pé?

– Prefiro colocar fogo neste lugar.

– A companhia de seguros provavelmente consideraria suspeito.

– É... Se tivéssemos seguro – respondeu Helen, que pela primeira vez notou tê-lo pego de surpresa.

– Você gosta de correr riscos – disse ele.

– Às vezes não tenho escolha. Descobri recentemente que meu avô não pagou o prêmio da seguradora. – Ela bebeu o restante do chá e pousou a caneca. – E agora, por favor, vá embora. Eu já respondi a todas suas perguntas, não há motivo para que você continue aqui.

– Exceto pela minha vontade – disse Marc, sem paciência. – E vou perguntar de novo. O que vai fazer agora?

– Preciso abrir a casa para os turistas, como faço todos os sábados. Tenho certeza de que você tem outros lugares para ir e outras pessoas para ver, portanto ambos podemos seguir com nossas vidas, certo?

Mas ele a ignorou.

– É assim que você vê seu futuro? Recepcionando hordas de curiosos e servindo chá a eles?

Helen fixou o olhar nele.

– Sim, se for isso o que tiver que ser feito. Eu já disse que faria qualquer coisa para salvar Monteagle.

– Faria mesmo? – Mark perguntou mantendo o tom suave. – Me pergunto se isso realmente é verdade, *m'amie*. Por exemplo, você jantaria comigo esta noite?

Ela entreabriu a boca, surpresa, e devolveu sem esconder a irritação:

– Meu Deus, você não desiste nunca, não é? Acha mesmo que estou com humor para ouvir outra proposta grosseira? Não consegue entender que acabo de perder o homem que amo?

– Está planejando morrer de fome por causa disso? – Ele teve a ousadia de soar levemente divertido ao expor a ideia.

– Não – disse Helen, com raiva. – Mas preferiria morrer a jantar com você.

Marc Delaroche agora gargalhava, o que só fez aumentar a fúria dela.

– Um destino pior do que a morte, *ma belle*?

Ela caminhou até a porta e a segurou aberta.

– Vá embora da minha casa. E não volte!

– Sua casa – disse ele, sem sair do lugar. – E quanto tempo mais será capaz de chamá-la assim...? A menos que consiga ajuda financeira... e rapidamente? Você disse que faria qualquer coisa para salvar Monteagle, então por que está recusando minha oferta sem nem mesmo ouvi-la?

A sala foi invadida por um silêncio súbito. Helen sentia-se um animal acuado. Caíra na armadilha das próprias palavras. Por fim, se rendeu, com a voz fraca:

– Que... que tipo de ajuda seria essa?

– Não vamos discutir isso agora. Seu humor não está nada... receptivo. Nos falamos mais tarde.

Helen se encolheu quando ele passou por ela, alerta ao que acontecera na última vez em que se despediram. A rigidez do corpo dele contra o dela. O toque... O sabor da boca de Marc.

Ele esboçou um sorriso sarcástico ao passar.

– *À tout à l'heure*! Até logo! – disse baixinho, e partiu.

HELEN PASSOU a tarde ocupada atendendo ao grande número de turistas que apareceu e a todas as demandas deles, mas volta e meia se flagrava distraída, pensando na conversa com Marc.

Ainda não decidira se aceitaria o convite para jantar. O instinto lhe dizia para recusar. Já a razão a aconselhava a pelo menos ouvi-lo. Mas não durante um jantar, pensou, afinal, a situação pareceria mais um encontro romântico do que uma reunião de negócios.

Foi obrigada a interromper os pensamentos quando uma das turistas reclamou que o filho não gostava de chá, e que gostaria que ela providenciasse suco de laranja.

Helen controlou um suspiro de impaciência.

– Vou ver o que posso fazer.

Foi até a cozinha, espremeu umas laranjas que estavam na fruteira e serviu o suco com gelo e um pouco de açúcar em um copo. Então voltou ao pátio e entregou para o menino, satisfeita consigo por ter resolvido a questão em pouco tempo.

– O que é isso? – ele perguntou, apontando para o copo. – Tem pedaços aqui dentro!

– São os gomos da laranja – Helen começou a explicar.

– Eca! – O rosto do garoto se contorceu em uma careta. – Não vou beber isso. – E, em um rompante, pegou o copo e jogou todo o suco em cima dela.

Helen ofegou e recuou, limpando o rosto com as mãos, quando sentiu duas mãos nos ombros que a afastaram para o lado.

– Vá se limpar – ordenou Marc com muita calma. – E deixe isso comigo.

Ela nem percebera quando ele se aproximou. Queria dizer que poderia resolver aquilo sozinha, mas nem ela mesma tinha certeza de que poderia fazê-lo.

Então retornou e caminhou rapidamente de volta à casa, tirando o avental pelo caminho e sentindo-se cada vez mais constrangida ao notar os sorrisos simpáticos e murmúrios por parte daqueles que haviam presenciado a cena.

Ela olhou para trás e viu Mark conversando com o pai do menino, que por sua vez se levantou constrangido da mesa onde o chá era servido e chamou a família para ir embora.

Quando Helen chegou à cozinha, encontrou Lottie, que exibia uma expressão tensa e aborrecida.

– Querida – disse ela. – Sinto muito!

Helen mordeu o lábio.

– Vejo que você já soube das novidades. – Ela encheu uma bacia com água e pôs o avental manchado de molho.

Lottie assentiu, chateada.

– Todo o vilarejo já sabe. Mas ainda estou achando difícil de acreditar.

– Mas é a mais pura verdade. – Helen ergueu o queixo.

– Desgraçado – a amiga rosnou.

– Pois é, e agora eu sou o assunto do vilarejo. – Ela fez uma pausa. – E hoje eu também soube que meu pedido de doação não foi aceito.

– Oh, não – gemeu Lottie. – Você teve mesmo um dia ruim – disse, com um olhar de pena que logo se transformou em assombro.

Helen virou o corpo e viu Marc de braços cruzados, encostado no batente da porta, completamente à vontade.

– Me desculpem. Estou atrapalhando.

– Não – Lottie negou, se levantando sem hesitar. – É claro que não. Sou Charlotte Davis, mais conhecida como Lottie. Sou amiga da Helen.

– *Enchanté, mademoiselle.* E eu sou Marc Delaroche... *À votre service* – se apresentou, sorrindo.

Lottie foi perfeita e disfarçou bem o fato de já conhecer aquele nome.

Helen engoliu em seco.

– O que... o que você disse para aquelas pessoas? – perguntou, um pouco ofegante.

– Apenas sugeri que talvez preferissem o Monteagle Arms. Eles aceitaram meu conselho. – Marc deixou dinheiro sobre a mesa. – Eles também pagaram – acrescentou, lacônico. – Diga, *m'amie*, você recebe muitos clientes desse tipo?

– Normalmente não. – Ela foi até o fogão e se ocupou com a chaleira. – Acho que esse só está sendo um dia ruim. – Então hesitou. – Gostaria de um café? – ofereceu de má vontade, o que Marc percebeu.

– *Merci.* – Ele sorriu de leve. – Mas vou deixá-la para que converse à vontade com sua amiga. – E acrescentou baixinho. – Vim apenas para dizer que reservei uma mesa no Oxbow para hoje, às oito. E espero que você vá.

Ele acenou para ambas e partiu, deixando um silêncio eloquente.

Finalmente, depois de algum tempo, Lottie falou:

– Uau... – A voz dela era reverente. – Bem, o que você vai usar esta noite?

– Nada!

Lottie sorriu, maldosa.

– Bem, isso certamente facilitaria as coisas para ele – disse. – Mas é um pouco ousado para um primeiro encontro, não acha?

Helen ficou ainda mais vermelha.

– Não seja engraçadinha. E não se trata de nenhum encontro. Na verdade, não tenho a menor intenção de sair para jantar com *monsieur* Delaroche. Nem hoje, nem nenhuma outra noite.

– Bobagem – disse Lottie descartando a ideia. – É claro que você vai! Por que não iria?

Helen se deixou afundar na cadeira mais próxima.

– Você parece ter se esquecido de Nigel.

– Infelizmente não. Mas estou me esforçando para isso. E você deveria fazer o mesmo.

– Você realmente acha que uma refeição no Oxbow pode me consolar? – Helen negou meneando a cabeça. – Lottie, eu estou muito magoada. Nigel sempre foi uma parte da minha vida... E agora foi embora.

– Então fique aqui se lamentando! – Lottie disse sem rodeios.

– Como você pode ser tão insensível? Como se sentiria se tivesse que encarar as pessoas depois de sofrer uma rejeição?

– Querida, estou tentando ser prática. – Lottie bebeu um pouco mais de café. – Eu iria preferir mil vezes que me vissem saindo à noite com um belo homem do que ficando em casa sozinha e de coração partido. Quem sabe até as pessoas não acabem achando que foi você quem deu o fora em Nigel. Pense nisso. – Ela parou por um momento. – E por que você diz que sua saída com Marc Delaroche não é um encontro?

– Porque é uma reunião de negócios. – Helen ainda estava rabugenta. – Ele tem um plano qualquer para ajudar Monteagle. Ou pelo menos disse que tem.

– Mais uma razão para ir, então.

– Mas não quero me sentir em dívida com ele – frisou Helen. – Eu... Eu não gosto dele. E não sei o que as pessoas tanto veem nele! – acrescentou em tom de desafio.

– Helen... – O tom de Lottie era paciente. – Ele é absurdamente rico e sexy. Não acha que está sendo um pouquinho exigente demais?

Helen respondeu num fio de voz:

– Não é só isso. Acho... Acho que tenho medo dele. – E esboçou um riso constrangido. – Isso não é ridículo?

A expressão de Lottie era extremamente carinhosa.

– Um pouco, talvez. Mas não há muito o que temer quando se está em um restaurante lotado. – Ela pegou a caneca e se levantou. – Agora, vamos dar uma olhadinha no seu guarda-roupa e ver algo adequado para ir ao melhor restaurante da região.

* * *

Ainda acho que isso não é uma boa ideia, Helen pensou algumas horas depois, ao se olhar no espelho.

Usava um vestido de seda verde-escuro, justo e assentado por uma faixa na cintura que terminava em um laço lateral.

A cor fazia a pele dela parecer exoticamente pálida e o cabelo recém-lavado reluzia em tons de cobre e ouro. Nos pés, usava sandálias também verdes. E Lottie lhe emprestara um xale que combinava com a roupa.

O xale agora estava em cima da cama, ao lado da bolsa, que combinava com as sandálias. Helen ouviu uma batida na porta e abriu para Daisy, que subira para avisar que Marc já esperava por ela.

Naquele momento ela sentiu todos os temores de novo. Sabia que estava correndo um grande risco. Sabia que Marc Delaroche gostava das coisas à própria maneira e não se esquecera do que ele dissera no outro dia, no quarto principal. *Em minha próxima visita, vou querer passar a noite com você.*

Aquela frase lhe martelava a cabeça, principalmente depois de notar que passara a tarde se arrumando para ele, tal como uma odalisca se preparando para ocupar a cama do sultão.

Afastou aquela ideia ridícula do pensamento, pegou o xale e a bolsa, saiu do quarto e desceu a escadaria para encontrá-lo. Marc esperava aos pés da escada e, quando ela apareceu, a encarou com olhos arregalados.

Helen sentiu um arrepio lhe percorrer e, por um instante, pensou em recuar para a segurança do próprio quarto. Acabara de se dar conta de que não estava com medo apenas de Marc Delaroche.

Estou com medo de mim, pensou. E dessa estranha em que me transformei... por causa dele.

Ela inspirou e seguiu a descida vagarosa para encontrá-lo.

CAPÍTULO 5

O RESTAURANTE era tão badalado quanto Lottie previra. Além da mesa deles, Helen viu apenas mais uma vazia, mas que também já estava reservada.

Lottie tinha razão: era difícil sentir-se humilhada pelo que Nigel fizera depois de chegar a um restaurante em um carro com motorista e se acomodar em uma mesa discreta e aconchegante composta por velas e uma garrafa de champanhe *Dom Pérignon*. E acompanhada pelo homem mais atraente do lugar, Helen admitiu com relutância.

Tal fato estava óbvio por causa dos olhares de inveja das mulheres presentes. Naquela noite, Marc estava recém-barbeado e o cabelo estava bem penteado. Vestia calças escuras justas que enfatizavam as longas pernas e uma camisa branca bem passada, complementada por uma gravata de seda no tom e opulência do rubi. O paletó de tweed estava jogado sobre os ombros.

– Esse lugar tem uma ótima reputação – comentou ele, assim que o champanhe foi servido.

– Sim – Helen concordou, feliz por estarem em terreno neutro. – Lottie disse que aqui tem a melhor comida da região. E eles também alugam quartos – acrescentou, pensando que aquela também poderia ser uma possibilidade interessante para Monteagle.

– É mesmo? – Marc perguntou, com a voz suave. – Talvez eu deva reservar um para mais tarde...?

Ela levantou a cabeça depressa, indignada, e só então percebeu que o próprio comentário poderia ter sido mal interpretado.

– Poderia, por favor, não dizer coisas desse tipo?– Helen disse entre os dentes.

– Desculpe – pediu ele, sem demonstrar arrependimento. – Mas é tão fácil implicar com você, *m'amie*. Além disso, fica linda quando está com raiva. Beba um pouco de champanhe para acalmar.

– Temos algum motivo para brindar? – Ela pegou a taça.

– Quem sabe? – devolveu Marc, impassível. – De qualquer modo, vamos beber a Monteagle... e ao futuro do lugar.

– Na verdade – começou Helen –, estive pensando um pouco e...

Ele levantou a mão para silenciá-la.

– Mais tarde, *chérie* – disse com a usual delicadeza. – Você precisa aprender a jogar. E também deveria saber que um homem não faz bons negócios quando está com o estômago vazio – acrescentou, irônico.

– Mas, para mim, isso não é um jogo – protestou Helen.

– Mesmo assim – insistiu ele. – Vamos comer primeiro.

Tudo tem de ser de acordo com as regras deles, ela pensou, voltando a atenção para o cardápio.

Mais tarde, quando o jantar já estava servido, Helen se arriscou a perguntar:

– Você me tiraria uma dúvida?

– Se eu puder.

– Por que o comitê perdeu tempo se reunindo comigo se não havia a intenção de atender ao meu pedido?

– Nós entrevistamos todos os requerentes, mas nos concentramos em patrocinar os projetos que ajudarão a impulsionar o turismo em algum lugar menos popular. – Ele encolheu os ombros. – Sua proposta era interessante, mas não tinha nenhum apelo especial.

Ela não disse nada, e eles comeram em silêncio por algum tempo, até que Marc voltou a falar.

– Hélène... Em um mundo ideal, o que você desejaria para Monteagle?

– É simples. Gostaria que voltasse a ser minha casa, mas com dinheiro suficiente para mantê-la, é claro. – Helen suspirou. – Sem visitas guiadas, nem chás servidos no pátio. Apenas paz, conforto e privacidade. Como já foi um dia. E como um lar deve ser, não acha?

– Eu não saberia dizer – disse ele, seco. – Tenho um apartamento em Paris e uma suíte em um hotel de Londres. Quando eu era criança, meu pai nunca ficava em um lugar por muito tempo.

Marc desviou o olhar. Helen percebeu o corpo dele se retesar e as sobrancelhas franzirem.

– Ah – disse, baixinho. – *C'est complet.* A última mesa do salão foi enfim ocupada... E por pessoas que você conhece, *ma belle.*

Helen pareceu confusa:

– Pessoas...? – Então parou num relance, chocada. – Ai, meu Deus – disse, com a voz trêmula. – Não é Nigel, é? Com a noiva?

– E um casal mais velho... Os pais dele, sem dúvida – Marc falou com calma. Quando Helen começou a afastar o prato, ele segurou as mãos dela entre as dele com força. – Calma, *chérie* – ordenou. – Você não vai sair daqui.

– Eu preciso ir – sussurrou, desesperada. – Não posso ficar aqui, vendo os dois juntos. Não posso...

– Pense, Hélène – pediu Marc em voz baixa. – Se fugir eles vão saber que têm o poder de fazê-la sofrer. Será uma vitória para eles. É melhor você ficar aqui comigo e terminar de comer, *hein*?

Ele soltou as mãos dela e voltou a encher a taça.

– Claro! Para você está tudo bem, não é? Não é o seu coração que está sendo partido!

Ele a olhou com sarcasmo.

– E nem o seu, *chérie*. Embora não consiga perceber isso agora.

– Como pode dizer isso? Como alguém como você pode entender o que estou sentindo? – Helen perguntou, angustiada.

Marc ergueu as sobrancelhas.

– Você fala como se eu não fosse humano. Mas posso assegurar que sinto as coisas exatamente como as outras pessoas. – Ele sorriu com frieza. – Quer que eu demonstre?

– *Não*! – Helen sentiu o rosto quente. – O que eu quis dizer é que você obviamente nunca amou alguém como eu amei Nigel. Porque eu nunca nem olhei para outro homem.

– Talvez por pura falta de chance. E sua vida está só começando. Agora coma alguma coisa, *ma belle*, antes que percebam que perdeu o apetite.

Helen o encarou por um momento e, ainda relutante, seguiu o conselho.

Enquanto saboreavam o jantar, Marc conversou sobre assuntos leves, fazendo perguntas sobre a história de Monteagle e a encorajando a substituir as respostas monossilábicas por explicações longas.

Conforme o tempo passava, Helen se deva conta de que precisava convencê-lo do próprio entusiasmo, da vontade de trabalhar. Assim talvez conseguisse persuadi-lo a lhe emprestar algum dinheiro para que ela pudesse reformar a casa e, quem sabe, transformá-la em uma pousada.

Enquanto aguardavam a sobremesa, Marc voltou a segurar a mão dela e brincou delicadamente com os dedos.

Helen levantou os olhos, pronta para fazer um protesto, mas encontrou os olhos dele e viu que um desejo escancarado os anuviava. Então se esqueceu completamente do que estava prestes a dizer.

Ela desviou o olhar, odiando o rubor que lhe coloriu o rosto, e tentou soltar as mãos que ele acariciava, sem sucesso.

– Não sei como você consegue... fingir assim.

– Mas não estou fingindo, *chérie* – ele disse, tranquilo. – Quero você. Isso nunca foi segredo.

Helen baixou o olhar.

– Então vai ficar muito desapontado, *monsieur* Delaroche. Mesmo que estivesse disponível para um caso, o que não estou, você seria a última pessoa que eu escolheria.

– Pelo menos concordamos em algum ponto – retrucou ele. – Porque eu também não quero ter apenas um *affair* com você. *Au contraire*, quero que seja minha mulher...

Por um instante, Helen não conseguiu se mexer. Ela sentiu a garganta apertada e o sangue latejando nos ouvidos.

– Se... Se isso é algum tipo de piada – conseguiu dizer finalmente –, é de péssimo gosto.

– Não é nenhuma piada. Estou pedindo para se casar comigo, *ma belle*. E estou falando muito sério.

– Pelo amor de Deus, somos dois estranhos. Você deve ser louco para sequer cogitar uma coisa dessas – balbuciou Helen, sacudindo a cabeça.

– Eu não disse que o casamento seria na próxima semana. – Marc sorriu. – Tenho a intenção de cortejá-la, Hélène. De lhe dar algum tempo para se acostumar com a ideia. – Ele fez uma pausa. – Com todo tipo de ideias, aliás – acrescentou, irônico.

Ela percebeu, perplexa, que uma dessas ideias se referia a ir para a cama com ele. Teria de encarar a perspectiva de que Marc queria mesmo fazer amor com ela. Chocada, ela se pegou recordando o último encontro deles: os braços firmes e a boca quente sobre a dela. Embora ambos estivessem completamente vestidos, sentiu cada centímetro daquele corpo grudado ao dela. E a ideia de ser abraçada e tocada sem a barreira das roupas a deixou com a boca seca de tanto pânico.

Marc tinha avisado que a queria. Não aceitaria ter de esperar até o casamento.

Mas não haveria casamento, Helen disse a si mesma, com súbita firmeza. Então por que ela estava avaliando aquela proposta ultrajante como se estivesse tudo acertado?

– Está perdendo seu tempo, *monsieur*. Nada nesse mundo me persuadiria a me casar com você.

– Nem Monteagle? – Marc desafiou. – Você quer que o lugar volte a ser um lar. – Ele encolheu os ombros. – Pois eu também quero. Aceite ser minha esposa e eu darei os recursos para que a casa seja toda restaurada, do jeito que você quiser.

– Não! – ela protestou com a voz rouca. – Isso é impossível. Eu não poderia... Não posso.

– Mas você disse que faria qualquer coisa para salvar Monteagle. – Ele se recostou na cadeira. – Parece que sua dedicação à casa não é tão grande quanto você anuncia.

– Eu estava desesperada quando disse que faria qualquer coisa. – Helen ergueu o queixo. – Mas agora tenho um plano.

– *D'accord* – Marc falou. – Então, que plano é esse e como ele irá salvar Monteagle?

Helen respirou fundo.

– Quero restaurar e redecorar todos os quartos, assim poderei transformar Monteagle em uma pousada para turistas – falou com franqueza.

A expressão dele era impenetrável.

– E você já levantou os custos desse esquema?

– Bem, não – admitiu, desconcertada. – Só pensei a respeito. Mas vou fazer um orçamento para você aprovar.

– Eu? – perguntou erguendo as sobrancelhas. – E o que tenho a ver com isso?

Helen mordeu o lábio, arrependida por ter sido brusca na recusa à proposta dele.

– Eu esperava que você pudesse me emprestar algum dinheiro.

Houve um momento de silêncio.

– Ah – falou ele, por fim. – Mas você se esqueceu de que já existe uma oferta. Case-se comigo e eu lhe dou o dinheiro de que precisa.

– Mas se me fizer um empréstimo não precisaremos nos casar – ela lembrou, ofegante.

Os olhos dele cintilaram ao encará-la.

– Não lhe ocorreu, *m'amie*, que, assim como você, eu posso estar apaixonado?

Helen sentiu uma repentina falta de ar e o fitou com olhos arregalados.

– Eu não... entendo...

– Não? Pois você é a única culpada por isso, *ma chére*. Se não tivesse falado de Monteagle com tanta paixão, eu não teria ficado tentado a vir conhecer o lugar pessoalmente. *Et voilá*. O resto, como dizem, é história.

Helen sentiu-se tonta e replicou com a voz trêmula:

– Quer dizer que... O que você realmente deseja... é Monteagle? É isso que está dizendo? – Ela sacudiu a cabeça. – É impossível, além de ridículo... Absurdo! Você não pode... Está falando da minha casa, *meu lar*. Meu.

– No momento, sim. – Ele deu de ombros. – Mas por quanto tempo mais será seu se não houver investimento? Você mesma disse que não aceitaria a proposta do senhor Newson, por isso estou oferecendo uma alternativa. E uma das vantagens da minha proposta é que ela vai permitir que você continue vivendo na casa que tanto preza.

– Mas seria obrigada a viver com você – Helen rebateu, com a voz agora firme e calma.

Ela respirou profundamente, e insistiu:

– Por favor, reconsidere a possibilidade de me emprestar o dinheiro. Juro que trabalharei noite e dia e lhe devolverei cada centavo.

– Você fará isso, *ma belle*. Mas na moeda que eu escolher. – Marc fez uma pausa a fim de dar tempo para que ela absorvesse a ideia. – E a minha oferta é um presente, não um empréstimo. Um presente de casamento.

Helen baixou o olhar e apertou as mãos no colo.

– Por que está fazendo isso? Está me forçando a me vender para salvar Monteagle. Que tipo de homem faz uma coisa desse tipo?

– Um homem rico – retrucou, parecendo estar se divertindo. – Se quero alguma coisa que está à venda, *chérie*, eu compro.

– Sem se importar com as consequências?

Ele voltou a encolher os ombros.

– Para mim, as consequências são boas. Estarei ganhando a casa que quero e a mulher que desejo. É provável que este seja um daqueles momentos em que uma esposa e filhos se tornam necessários.

Ela abriu a boca, incrédula.

– Está cogitando... Realmente espera que eu tenha um filho com você?

– Outra consequência natural do casamento – falou Marc, agora com seriedade. – Mas não estou te forçando a fazer nada, Hélène. Entenda. Estou apenas oferecendo solução para seu principal problema. Você decidirá se quer aceitar minha proposta ou não. Darei um dia para pensar no assunto – acrescentou com frieza.

Helen pegou um copo de conhaque e deu um grande gole, sentindo a bebida queimar na garganta.

– É assim que costuma pedir uma mulher para se casar com você? Dando um ultimato?

Ele sorriu.

– Até esse momento, *chérie*, eu nunca havia pedido nenhuma mulher em casamento.

Os olhos dela soltavam faíscas.

– Acho que deveria estar me sentindo lisonjeada – disse, com ironia. – Mas não estou. – Ela pegou a bolsa. – Podemos ir agora, por favor?

Marc ainda demonstrava a mesma expressão divertida.

– *D'accord*. – Ele pediu a conta, e Helen se antecipou, preparando o espírito para caminhar até a porta, pois sabia que teria de passar por Nigel e a noiva.

Entretanto, quando se virou para sair, viu que a mesa que ocupavam estava vazia. Tentou disfarçar a surpresa.

– Eles partiram há alguns minutos – falou Marc, sempre perspicaz. – Parece que não aproveitaram muito a noite.

– Você poderia pedir ao recepcionista para me conseguir um táxi, por favor? – solicitou sem querer esticar mais a conversa.

Ele ergueu a sobrancelha, surpreso.

– O motorista está esperando com meu carro.

– Eu preciso muito ficar sozinha – disse Helen. – Acho que até você consegue entender isso.

– "Até você" – repetiu Marc, pensativo. – Parece que vou ter que mudar essa péssima opinião que você tem a meu respeito, *chérie*.

– E acha que vai conseguir isso me forçando a me casar com você? – Ela balançou a cabeça. – Acho que não é assim que se convence as pessoas. – E, erguendo o queixo, continuou. – Agora, eu realmente gostaria de ir para casa.

– Como preferir – respondeu ele, sem parecer abalado. E seguiu até a recepção.

– Seu táxi estará aqui em dez minutos – disse ele, quando retornou. – Quer que eu espere até que ele chegue?

– Não. Obrigada.

Helen esperava algum tipo de protesto, mas Marc disse apenas um casual "*A bientôt*" e se foi.

Ainda estava remoendo o prazo absurdo que ele pedira para ter uma resposta à proposta igualmente absurda, quando ouviu a porta do restaurante se abrir. Pensou que o táxi se adiantara, mas escutou a voz de Nigel se dirigindo ao recepcionista com arrogância.

– Minha mãe perdeu a estola. Será que alguém poderia procurá-la?

Petrificada de horror, Helen queria desaparecer. Mas era tarde demais. Nigel já a vira e atravessava a recepção em direção a ela, que se levantou. Os dedos apertavam a alça da bolsa com força.

– Sozinha? – perguntou ele, cheio de maldade. – Ele já deu o fora?

Ela sentiu as bochechas ruborizarem.

– Não, não deu. – E acrescentou em um impulso. – Pelo contrário. Vamos sair de novo amanhã.

– Bem, você certamente é uma mulher cheia de surpresas, Helen. – E a olhou com insolência, da cabeça aos pés. – Suponho que saiba com quem está lidando, não é?

– Sim, eu sei – respondeu ela.

– E o que um homem como ele está fazendo neste fim de mundo? – ele quis saber.

Helen apenas deu de ombros.

– Por que não pergunta a ele?

– Ah, eu não o conheço tão bem – falou Nigel. – Mas Amanda o conhece. Ela já o encontrou em festas em Londres e mal pôde acreditar quando viu vocês dois juntos. Você definitivamente não faz o tipo dele.

Helen manteve a voz firme.

– Desculpe se ela ficou desapontada.

– Amanda não está interessada nele. Ele nem faz o tipo dela. Só acho que você deveria saber que seu ricaço não é um homem de relações duradouras – acrescentou, ainda deixando transparecer a maldade. – Sabe como é... Você pode estar alimentando alguma esperança. Afinal, apesar do que você me fez hoje, nos conhecemos há muito tempo e acho que ainda podemos ser amigos.

– Acho difícil – disse ela. E cortou a conversa. – Meu táxi chegou. Boa noite, Nigel, e boa sorte. – E saiu sem olhar para trás.

No caminho para casa, Helen seguiu pensando na proposta absurda de Marc Delaroche. Era óbvio que ele não estava falando sério quanto ao casamento. Com certeza estava apenas brincando, querendo testá-la. No entanto, não podia negar que Marc a queria. Mesmo inexperiente, Helen teve certeza disso assim que se viram. E não havia dúvidas de que ele estava determinado a ter tal desejo satisfeito, mesmo que uma única vez.

Quando entrou em casa, não havia sinal de Daisy, mas pôde sentir um cheiro gostoso de café vindo da cozinha. Ficou feliz por isso. Precisava de alguma coisa que a deixasse no controle de novo, que detivesse o tremor das pernas. E café seria perfeito.

E também precisava pensar na resposta que daria a Marc no dia seguinte. Tinha de arrumar um modo de convencê-lo, de uma vez por todas, que tanto ela quanto Monteagle jamais estariam ao alcance dele.

Ela trancou a porta, pegou uma xícara no armário e o bule cheio de café fresco e seguiu até a biblioteca. Se iria tomar decisões difíceis, por que não fazê-lo no lugar mais confortável possível?

Havia velas ardendo nos candelabros e um fogo aconchegante queimava na lareira. Deus abençoe Daisy, pensou agradecida enquanto entrava no aposento. Mas logo parou, o coração aos pulos, sem conseguir acreditar no que via.

– Finalmente você chegou – Marc Delaroche disse, se levantando do sofá. O sorriso dele era frio e possessivo.

CAPÍTULO 6

O CORAÇÃO de Helen palpitava enquanto ela o encarava perplexa. Ele estava sem o paletó e a gravata, e desabotoara a camisa quase até a cintura. As intenções não poderiam estar mais claras.

– Nós já nos despedimos mais cedo – disse Helen, com a voz falha. – O que está fazendo aqui?

– Você tem uma memória muito curta, *ma belle*. – Os olhos dele cintilavam. – Eu disse que na visita seguinte passaria a noite nesta casa.

– Sim, mas eu nunca pensei... – Ela mordeu o lábio, lutando para manter um mínimo de dignidade e... para conseguir mantê-lo à maior distância possível. – Prefiro que meus hóspedes esperem por um convite.

– Fiquei receoso de ter que esperar para sempre. – A boca curvou-se em um sorriso cínico. Ele caminhou até ela e tirou o bule das mãos trêmulas. – Sente aqui.

Helen sabia que, caso se virasse e corresse, ele simplesmente a seguiria. Além do mais, não pretendia demonstrar tanta fraqueza. Então forçou as pernas bambas a caminhar até o sofá e afundou nas almofadas gastas e macias, grata por aquele aconchego. Na mesa em frente havia uma bandeja com duas xícaras, uma jarra de creme, açúcar, uma garrafa de conhaque e dois copos.

– Você certamente não tem dificuldade para se sentir à vontade – comentou ela, sem muita firmeza mais.

Marc não deu a devida atenção.

– Talvez porque eu saiba que muito em breve essa será minha casa também. – Ele sentou-se na outra ponta do sofá e começou a servir o café.

– Você não acha que está se precipitando? – Helen lutou para manter o tom de voz neutro. – Além disso, você disse que me daria um dia para pensar. Achei que mostraria ao menos a decência de me permitir avaliar a proposta sozinha – acrescentou, com um toque de arrogância.

– Em vez disso, resolvi cortejá-la, *chérie* – disse devagar. – A decência sempre me pareceu uma virtude muito estúpida.

Ao ouvir as palavras dele e ver o olhar divertido que as acompanhou, Helen sentiu um arrepio. Mas fingiu uma coragem falsa e empinou o queixo.

– Virtude? Estou surpresa por você conhecer essa palavra.

– Você tem uma opinião tão ruim a meu respeito, *ma chére* – frisou Marc, enquanto servia o conhaque. – A vantagem é que isso me livra da obrigação de me comportar bem.

Ele se inclinou na direção dela, que se encolheu de modo instintivo, percebendo tarde demais que Marc estava apenas colocando o conhaque e o café ao alcance dela.

Helen percebeu o olhar irônico dele diante daquela reação automática, mas não fez nenhum comentário. Em vez disso, perguntou:

– O que Nigel disse para deixá-la tão aborrecida?

Ela evitou o olhar dele, pegou o copo e bebeu um gole de conhaque.

– Não sei o que você quer dizer.

– Mas não nega que voltaram a se encontrar – Marc retrucou com aparente calma, mas com um toque duro na voz que Helen captou. – O carro dele passou pelo meu quando ele retornou ao restaurante. Ainda estava zangado com sua tentativa de afogá-lo?

– É, ele mencionou isso – comentou Helen, sem querer se estender no assunto. – Mas ele parecia mais interessado em fazer fofocas sobre você.

Marc ergueu as sobrancelhas.

– Eu não sabia que já havia tido o prazer de conhecê-lo.

– Mas você conhece... a noiva dele. Ao que parece, já frequentaram as mesmas festas.

– Ah – Marc disse sem demonstrar muito interesse. – Conheço muita gente em muitas festas e ela não me impressionou muito.

– Bem, mas ela se lembra de você... e de sua reputação.

Ele riu.

– Ah, eu tenho uma? Não sabia.

– Você é conhecido como alguém avesso a compromissos. Alguém cujos casos amorosos nunca duram mais de dois meses. Vai negar isso?

– Não. – Ele ainda parecia estar se divertindo. – Posso lhe assegurar, *m'amie*, que o amor nunca fez parte de nenhum dos meus *affaires*.

Ela mordeu o lábio.

– Você gosta de joguinhos, não é, *monsieur* Delaroche? Porque nós dois sabemos que essa sua proposta de casamento não passa de uma brincadeira. Não pretende se casar comigo, nem com ninguém. – Ela fez uma pausa para recuperar o fôlego. – Sendo assim, podemos parar com isso agora? Já estou ficando cansada.

Marc pegou o paletó, tirou alguma coisa do bolso e pôs sobre a mesa. Era a embalagem de uma joalheria. Helen ficou tão chocada que quase engasgou com o conhaque.

– Esse não é o momento ideal – explicou ele. – Mas talvez isso finalmente a convença de que eu realmente quero que aceite se tornar minha esposa.

Os diamantes do anel formavam um círculo de fogo ao redor da chama mais profunda de um rubi magnífico. Helen ofegou, em parte por admiração, mas também pelo mais profundo pavor.

– Então, acredita em mim finalmente? Tudo o que você precisa fazer agora, *ma belle*, é tomar uma decisão.

– Você ... fala como se fosse fácil.

– Sim, ou não – falou Marc. – O que poderia ser mais simples do que isso?

Helen balançou a cabeça em desafio.

– Você parece estar se esquecendo de que está me pedindo para escolher entre a liberdade e um compromisso vitalício... com um estranho.

– E o que essa liberdade lhe garante, hoje, *m'amie*...? – a voz dele era dura. – O direito de trabalhar sem parar, enquanto a casa desmorona a seu redor? O direito de nunca ser capaz de aproveitar sua beleza, sua alegria de viver? E, afinal, dada minha reputação, é possível que esse compromisso não dure mais do que dois meses.

Helen o encarou, sentindo um nó a apertar o estômago. Talvez aquele fosse o maior problema. E se ele, por mais absurdo que isso possa parecer agora, acabar me ensinando a desejá-lo, a amá-lo e depois me abandonar?, Helen pensou. Isso poderia destruir meu coração para sempre.

Por fim, ela falou em uma voz tensa.

– *Monsieur*, não sei se aguentaria nem mesmo um mês convivendo diariamente com você. – E tomou fôlego para tentar se acalmar. – Não concordaria mesmo com nenhuma outra possibilidade para... para recuperar Monteagle?

– Você é de uma franqueza brutal – comentou Marc. – Sendo assim, também serei franco. Minha resposta é não, não concordaria com nada além do que já propus. Quero a casa, e você dentro ela. Ou você pode ficar com sua... liberdade. A escolha é sua.

Ela passava os dedos nervosos na faixa do vestido.

– Eu... Eu darei a resposta amanhã.

Marc olhou para o relógio.

– Já é amanhã. Seu tempo está acabando, *ma belle*.

Helen reagiu, subitamente inflamada.

– Eu gostaria que você parasse de me chamar assim. Pare de fingir que sou bonita!

Ele a observou por um instante, os olhos semicerrados.

– Por que você se subestima tanto?

– Porque sou realista. – Ela bebeu o último gole do conhaque. – Eu amava Nigel e ele escolheu outra pessoa. Uma mulher bonita. – Helen fez uma pausa. – Não tive a chance de vê-la no restaurante, mas creio que seja... bonita. – O olhar dela o desafiava. – Dizem que você é um especialista no assunto, *monsieur* Delaroche. O que acha, agora que a viu outra vez?

Ele ficou em silêncio por um momento, então deu de ombros.

– Ela tem seus encantos. E deve ser uma fera na cama – acrescentou irônico. – Era isso o que queria ouvir? – falou usando de um pouco mais de delicadeza.

– Não tenha pena de mim – Helen falou com a voz levemente arrastada.

– Hélène, acho que você já bebeu conhaque demais.

– Discordo. – Ela segurou o copo com firmeza. – Na verdade, gostaria de mais, muito mais, se não se importar.

Marc levantou a garrafa.

– Como quiser. Mas ele é bom demais para ser usado como anestésico, *m'amie*.

Helen sentiu-se subitamente quente, a cabeça rodava.

– Talvez eu queira mesmo ficar... bêbada.

– Acho que você vai conseguir atingir seu objetivo mais rápido do que imagina – disse Marc sem nenhuma emoção.

Ela levantou o copo para fazer um brinde.

– Saúde, *monsieur* – Helen falou com cuidado, e riu, antes de beber mais um gole.

– *Salut, petite.* – A voz dele parecia muito próxima agora. Ela notou que o copo lhe foi tirado da mão com cuidado. E, de repente, estava encostada no corpo dele, o queixo apoiado no ombro forte.

Helen sabia que deveria resistir, e rápido, mas os sentidos estavam embriagados pelo aroma viril. Uma estranha fraqueza pareceu invadi-la.

De repente, ela também percebeu que uma das mãos de Marc se enfiava sob o longo cabelo, em uma carícia gentil e ritmada. Ficou surpresa com tanta ternura. Naquele momento, sentiu como se ele fosse a única rocha protetora que lhe sobrara em um oceano de desolação.

Mas sabia que aquilo não era verdade. Ele era o inimigo.

Helen se afastou de súbito, tentando se libertar. Mas os braços que a sustentavam eram muito fortes e a mão que lhe acariciava o cabelo fazia movimentos quase hipnóticos, descendo pela nuca e chegando aos ombros.

– Fique calma, Hélène. – A voz era doce. – E feche os olhos. Não precisa ter medo. Eu juro.

E, de repente, parecia mais simples acreditar e obedecê-lo. Era quase imperativo se deixar conduzir em vez de lutar. E ceder ao ritmo do próprio coração, que batia em compasso com o dele.

* * *

Helen não tinha ideia do que a despertara, mas logo estava completamente acordada, apesar de tomada por dor de cabeça e ardência nos olhos.

Ela olhou ao redor com cautela e logo congelou, se esquecendo das dores. Viu-se deitada no sofá, acomodada nos braços de Marc, que dormia ao lado com o queixo apoiado no cabelo dela.

Estavam tão próximos um do outro, percebeu alarmada, que podia sentir o calor do peito nu e peludo através do tecido fino do vestido.

Um dos braços dele estava ao redor dos ombros dela e o outro descansava sobre o quadril de Helen. Ai, meu Deus, ela gemeu em pensamento. Como eu deixei isso acontecer?

O que lhe dava algum alívio sobre os reais acontecimentos da noite anterior é que, além dos sapatos, largados no chão, ambos estavam completamente vestidos. Mas o constrangimento dela não teria sido muito menor se tivesse acordado nua.

E há quanto tempo estavam ali, deitados?, Helen se perguntou, angustiada.

As velas ainda queimavam, mas na lareira havia apenas cinzas.

Estava vulnerável naquela situação e não queria correr o risco de vê-lo acordar e, por conta das circunstâncias, se aproveitar da situação.

Com o máximo de cautela, ela levantou a perna e deslizou devagar para fora do abraço de Marc. Ficou sentada por um momento, ouvindo, mas não houve qualquer alteração no ritmo da respiração dele.

Então se levantou, tentando ignorar a profunda dor de cabeça, e seguiu caminhando na ponta dos pés pela casa escura até alcançar o próprio quarto, onde se trancou em segurança. E ainda colocou uma cadeira contra a porta para garantir.

Lutando contra a náusea e a tonteira, Helen tirou a roupa, deitou-se na cama e puxou as cobertas por sobre a cabeça.

Maldito conhaque. Devia estar louca, afinal, qualquer coisa poderia ter acontecido enquanto estava inconsciente. Mas para a própria surpresa, Marc a deixara dormir em paz.

Bem, ele não deve me desejar tanto assim, afinal, ela pensou. O interesse dele é mesmo apenas a casa. E Helen se pegou imaginando por que tal constatação a deixava tão magoada.

Tentou afastar aquela ideia e se concentrar em alguma estratégia para tentar convencê-lo a aceitar os planos dela, mas acabou se perdendo nas lembranças das coisas que ele dissera, no modo como a olhava, como a tocava...

Passou o restante da noite em claro e, quando o sol começou a entrar pela janela, se vestiu e desceu as escadas para dar uma volta ao redor do lago. Cada passo era uma tortura, mas o ar fresco seria bom para aplacar a enxaqueca, falou para si, tentando ser otimista.

A porta da sala de estar continuava fechada e, para o alívio dela, tinha a cozinha toda para si. Fez um café bem forte e bebeu tudo o que colocara na xícara de uma vez, o que ajudou um pouco.

Então saiu da casa e ficou parada à beira d'água por um longo tempo, observando Monteagle quase em ruínas e imaginando como conseguiria mantê-la sem a injeção de uma substancial quantia em dinheiro.

Depois caminhou de volta para casa sem pressa. *Vou tomar um banho* pensou enquanto subia as escadas, e *colocar uma expressão corajosa no rosto*. Porém, ficou estática tão logo entrou no banheiro.

– *Bonjour* – disse Marc, imerso nas águas da banheira. Ele levantou a esponja, deixando a água escorrer pela cabeça e pelo peito. – Veio dizer que aceita se casar comigo? Se for isso, pode começar seus deveres de esposa esfregando as minhas costas.

– Ai, Deus – Helen reclamou, chocada, saindo do banheiro e batendo a porta enquanto escutava a risada divertida dele.

Daisy estava à pia da cozinha lavando as xícaras e copos usados na noite anterior quando Helen chegou, com o rosto vermelho e a respiração ofegante.

– Por que Marc Delaroche ainda está aqui? – perguntou, desorientada. – E o que ele está fazendo dentro da minha banheira?

– Imagino que esteja tomando banho. – Daisy a olhou com reprovação. – Acho que ele tem direito a alguns mimos... depois da noite passada.

– O que você quer dizer com isso?

Daisy se virou, as mãos nos quadris, e o olhar agora era realmente severo.

– Do absurdo que foi, senhorita Helen, deixar o rapaz dormir naquele sofá desconfortável quando havia um quarto preparado para ele no andar de cima. O pobre Sir Henry deve estar se revirando no túmulo...

Helen suspirou.

– Isso não tem a ver com hospitalidade... – começou, mas Daisy a interrompeu com firmeza.

– Quando o encontrei esta manhã ele me disse que a senhorita esperava por ele. Não é verdade?

Helen desistiu de se defender.

– Sim... Acho que sim. Eu... Eu só não tinha certeza de onde nos encontraríamos.

– Ah, está certo – Daisy devolveu, mais apaziguada. Ela exibiu um olhar astuto para Helen e falou: – Tenho a impressão de que vamos ver mais o senhor Delaroche daqui em diante.

Helen respondeu apenas com um murmúrio e encheu a chaleira de água para colocá-la para ferver.

Estava começando a preparar o café quando a campainha foi tocada com alguma insistência.

– Meu Deus, quem iria aparecer a essa hora em pleno domingo? – Daisy enxugou as mãos e foi até a porta. – Convidou mais alguém, senhorita Helen?

– Não que eu me lembre.

Quando Daisy retornou, o rosto estava fechado e a expressão era de total desagrado.

– É o senhor Newson – disse, a voz muito séria. – Ele insiste em falar com a senhorita, por isso o levei até a biblioteca.

– Oh. – Helen deixou o café sobre a mesa e foi encontrá-lo. O visitante indesejado estava de costas para a lareira apagada, olhando ao redor, como se avaliasse o lugar.

– Posso ajudar, senhor Newson? – perguntou, com a voz gelada.

– Sim. Pode me dizer quando vai ter o bom senso de me vender esta casa. Meu pessoal só espera minha autorização para começar a trabalhar aqui.

– Eu já dei a resposta – Helen falou com o queixo erguido. – E é não. Achei que tivesse deixado bem claro.

– Mas isso foi quando você ainda esperava conseguir um investidor – argumentou ele. – Todos no vilarejo sabem que você não teve sucesso. Portanto, acho que, se tiver bom senso, vai reconsiderar minha oferta.

– Sinto ter que repetir, mas Monteagle ainda não está à venda.

– Sou um homem tolerante, senhorita Frayne, mas minha paciência está se esgotando. Admita que perdeu.

Isso é o que ele pensa, Helen disse para si mesma. Ainda tenho um ás na manga. E é hora de usá-lo.

Ela ouviu o ranger de uma tábua e não precisou se virar para saber quem acabara de entrar... e o que ele esperava ouvir. A luta finalmente acabara, a escolha estava feita. Fossem quais fossem as consequências.

Helen tomou fôlego, ciente de que todo o corpo tremia. Ela encarou Trevor Newson e deu a notícia, com a voz rouca.

– Temo que esteja errado. Vou me casar muito em breve, e meu futuro marido planeja restaurar completamente esta casa, a casa de nossa família. – Ela fez uma pausa. – Não é verdade... querido?

As mãos de Marc tocaram os ombros dela. Ele cheirava a limpeza e frescor, mas os lábios que lhe tocaram a base do pescoço em um beijo demorado eram quentes.

Ele disse baixinho no ouvido dela.

– Este será um de meus muitos prazeres, *mon amour*.

Então ficou parado ao lado, os braços envolvendo o corpo de Helen, a mão nos quadris dela em um gesto de posse tão casual quanto perturbador. Estava descalço, sem camisa, vestia apenas calças jeans surradas.

– Quando acordei você já havia se levantado, *chérie*. – Ele sorriu divertido. – E aqui está você, entretendo outro homem.

– Não acho que o senhor Newson tenha apreciado muito nosso encontro – Helen disse, fria. – Além do mais, ele já está de saída.

O rosto do homem estava aborrecido e vermelho.

– Então esse é seu salvador? – Ele quase cuspiu a palavra. – Tenho de admitir que trabalha rápido, senhorita Frayne. Até ontem estava noiva de um. Ele mal lhe deu um fora e a senhorita tratou de arrumar outro. – Trevor Newson sorriu de um jeito que deixou Helen arrepiada de nojo. – Onde encontrou esse aí, meu bem?

– Eu a encontrei – Marc cortou. – E está ofendendo minha noiva, *monsieur*. Talvez seja melhor ir logo se não quiser que eu o expulse.

– Eu já estava mesmo indo embora. – Já à porta, Newson se virou. – Isso aqui vai lhe custar uma fortuna, meu amigo. Espero que ela valha a despesa. Poucas mulheres valem.

Assim que Trevor Newson partiu, Helen se afastou de Marc e foi até a janela.

– Você costuma sair do quarto seminu?

– Estava acabando de me barbear quando o ouvi. Algo contra? – a voz dele era leve.

Ela deu de ombros.

– Não é muito... muito decente. – Ela fez uma pausa. – E fez esse homem horrível pensar que...

– Que havíamos dormido juntos? – Marc completou com cordialidade quando ela voltou a hesitar. – Mas não pode negar que passou a maior parte da noite nos meus braços, *m'amie*.

Helen trincou os dentes ao se lembrar do fato.

– Então – ele continuou, a voz ainda macia –, você acabou aceitando finalmente fazer o último grande sacrifício para salvar sua casa. Por um momento cheguei a pensar que sua aversão por mim seria um impedimento.

Ela mordeu o lábio e abaixou a cabeça.

– Pois é, aceitei. – A voz era amarga.

– Acho que eu deveria agradecer a *monsieur* Newson – Marc falou, pensativo. – Se ele não tivesse vindo aqui esta manhã, talvez sua resposta fosse outra.

– Sim. Seria. – Helen respirou fundo. – Não sente nenhum remorso pelo que está fazendo... Pelo que está me forçando a fazer, Marc? E tudo por um capricho... – Ela balançou a cabeça. – Se realmente quer uma casa, há muitas outras que poderia comprar. E muitas mulheres que cairiam a seus pés, loucas para se casar com você.

– Mas você é única, *chérie* – ele disse, despreocupado. – Você não finge amor eterno. Deixa bem claro que quer apenas meu dinheiro. Acho isso revigorante.

– E eu acho degradante.

Marc afastou uma mecha de cabelo para trás da orelha de Helen.

– Mesmo assim, Hélène, chegamos a um acordo, e ele não será rompido. – Ele enfiou a mão no bolso da calça e pegou a caixinha de veludo. – Agora me dê sua mão.

Helen ficou entorpecida ao ver o anel de rubi deslizar pelo dedo e assumir sua função simbólica. Tão belo, pensou, observando o fogo lento que queimava nas profundezas da pedra, e tão sem significado para mim.

– Você vai me dar um beijo, ou eu terei que roubá-lo?

Engolindo em seco, nervosa, ela ergueu a boca para encontrar a dele com relutante obediência. Mas em vez da paixão violenta que imaginara e temera, o beijo de Marc veio gentil, os lábios moveram com uma doçura hipnótica, a ponta da língua lhe testou as defesas sensualmente. Ele está me seduzindo, Helen pensou, e sentiu a mente vacilar e o corpo começar a reagir...

Mas ela não queria isso. Então procurou manter o corpo rígido, apesar sentir o calor que parecia passar da pele nua dele através das roupas. Queria que aquele beijo terminasse, queria escapar.

Por fim, com um suspiro de lamento, ele levantou a cabeça e a observou com os olhos semicerrados.

– Você precisa de mais ardor, *chérie* – Marc foi irônico. – Mas isso vai mudar depois que aprender um pouco mais sobre o prazer.

Ela recuou e envolveu o corpo com os braços de maneira protetora.

– É isso mesmo o que pensa? – a voz dela destilava desprezo.

Ele riu e correu a mão pelo rosto tenso de Helen.

– Sim, pequena inocente, é o que penso. – Ele olhou o relógio. – Agora, lamento muito, mas preciso me vestir e voltar para Londres.

– Você vai embora? – Ela ficou surpresa de verdade. – Agora?

– Por que não? Afinal, já consegui o que queria. E preciso me preparar para uma reunião que será amanhã de manhã. – Marc pegou a mão em que estava o anel de rubi e a beijou. – Mas devo retornar na próxima semana. Nesse meio tempo, um arquiteto virá aqui com a equipe para começar o trabalho de restauração da casa.

O tom dele foi seco e profissional, deixando claro o dinamismo e tino para os negócios. Ela se ressentiu.

Monteagle ainda não é sua, *monsieur*, pensou. E atacou em seguida:

– Já tenho meu pessoal, obrigada.

– E agora também tem Alan – Marc sorriu. – Por isso não dificulte as coisas para ele, *chérie*. O pobre homem ofende-se com mais facilidade do que eu. – Ele fez uma pausa e acrescentou casualmente. – Só mais uma coisa. Qual o número de sua conta bancária, por favor?

Helen ofegou.

– Por que eu deveria lhe dar o número da minha conta?

– Para que eu possa transferir dinheiro para você.

– Tenho meu próprio dinheiro, obrigada – disse, fria. – Não preciso de caridade.

– Não é caridade. Com certeza haverá despesas ocasionais quando o trabalho iniciar, e você não deve arcar com elas. – Ele sorriu. – E também precisa comprar seu enxoval. Sugiro que façamos uma cerimônia civil diante de algumas testemunhas no fim do próximo mês.

O coração de Helen estava descompassado.

– Mas você disse que não havia pressa – contestou ela. – Que... Que podia esperar.

– Acho que já fui bastante paciente. E a noite passada abriu meu apetite, *m'amie*. – O sorriso de Marc ficou ainda mais largo quando ele viu a expressão de ultraje e apreensão nos olhos dela. – Agora seja boazinha e anote o número de sua conta para mim. Depois disso eu vou embora e você terá paz.

Helen obedeceu, trêmula de raiva.

Marc pegou o papel e já se encaminhava até a porta quando virou e deixou o olhar percorrer o corpo dela de cima a baixo.

– Por outro lado – disse com suavidade –, ainda me lembro de como se acomodou em meus braços ontem. Poderia muito bem ser persuadido a ficar.

Ele viu os olhos dela se arregalarem de choque e continuou, a voz ainda mais sedutora.

– Mas cabe inteiramente a você decidir, *mon amour*. Embora eu tenha certeza de que a cama no meu quarto é muito mais confortável do que esse sofá.

– Não vou duvidar de você, *monsieur*. Adeus. – As palavras pareceram lhe arranhar a garganta.

Então foi em direção à janela, mal ousando respirar até ouvir a porta ser fechada.

Monteagle estava salva, Helen murmurou para si. E aquilo era tudo o que importava. Agora ela precisaria encontrar um jeito de pagar o preço.

– Você pode ter Monteagle, *monsieur* – ela sussurrou baixinho, resoluta. – Mas eu nunca serei sua, isso eu juro por tudo o que é mais sagrado.

CAPÍTULO 7

Lottie olhou em silêncio para o anel de rubi sobre a mesa.

– Essa joia maravilhosa e tudo o mais... É uma brincadeira... Certo?

Helen negou, meneando a cabeça.

– Errado. Estou mesmo noiva de Marc Delaroche. Ele... Fez o pedido ontem à noite. E eu aceitei esta manhã.

Lottie a encarava, boquiaberta.

– Isso não pode estar acontecendo – falou, quase que apenas para si. – Há um dia você se considerava noiva de Nigel. – A voz dela ficou mais alta. – E agora vai se casar com alguém que mal conhece?

– Você me fez jantar com ele – Helen se defendeu. – Praticamente me jogou em cima dele.

– Sim. Porque pensei que seria bom para você sair com alguém tão atraente e que estava tão obviamente interessado. Mas não achei que ambos seriam loucos a esse ponto.

Ela se recostou na cadeira e olhou com intensidade para o rosto pálido de Helen.

– Está querendo me dizer que amor à primeira vista realmente existe?

– O amor não tem nada a ver com isso – replicou Helen. – A verdade é que ele está louco por Monteagle e disposto a gastar o que for preciso para restaurar o lugar e trazê-lo de volta aos bons tempos. Mas isso aqui não seria completamente dele... A menos, é claro, que eu fizesse parte do pacote. – E concluiu com descaso. – É isso.

– Ai, meu Deus – Lottie disse, com a voz fraca, e ficou em silêncio por algum tempo, até voltar a falar, por fim. – Helen... Venda este lugar para ele e se poupe desse desgaste.

– Eu nunca vou vender Monteagle e ele sabe disso. E também sabe que estou desesperada. – Helen relaxou os ombros, tentando aparentar descontração. – Eu... não podia recusar. – Ela hesitou. – É um acordo profissional. O que costumam chamar de um casamento por conveniência, eu acho.

– Ah. Então presumo que, como vocês são praticamente estranhos, o acordo não inclui sexo. – O olhar dela buscou confirmação no de Helen. – Ou inclui?

Helen desviou o olhar para a mesa.

– Nós ainda não estabelecemos esses detalhes.

– Agora você só pode estar brincando! – Lottie debochou. – Eu vi o modo como ele olhava para você, lembra-se? E como não está apaixonada por Marc Delaroche, como vai fazer quando chegar a hora de acertarem as contas? Você se considera realmente tão realista?

Helen encarou o rubi cintilante à frente e disse, mais para si do que para a amiga:

– Vou dar um jeito. Vou ter que dar um jeito. – Ela forçou um sorriso. – O que você faria no meu lugar?

– Venderia tudo isso aqui. E iria embora. – Lottie fez uma pausa. – Ou poderia tentar fechar os olhos e fazer exatamente o que você disse. Poderia ser interessante...

– Quer dizer, ficar deitada pensando em Monteagle? – perguntou com um sorriso sem humor.

– Duvido que Marc Delaroche vá permitir que pense em outra coisa que não nele – Lottie disse com ironia. – E depois não diga que não avisei.

Lottie foi embora. Helen arrumava as xícaras na cozinha quando o telefone tocou. Já era bem tarde e ela se apressou a atender.

– Hélène? – A voz rouca de Marc lhe causou um sobressalto.

– Marc, o que você quer? – Ela tentou manter a voz firme, apesar do coração acelerado.

– Todas as coisas que não posso ter porque você está muito longe de mim.

Helen pôde ouvir o sorriso na voz dele e respondeu em tom frio:

– Quis dizer, por que está ligando tão tarde?

– Para lhe desejar *bonne nuit* – disse ele. – E bons sonhos.

– Ah – ela falou, constrangida. – Bem... Obrigada.

– E para lhe dizer que, para meu desgosto, não poderei estar com você na próxima semana. Preciso ir a Nova York.

– Entendo. – Helen sabia que deveria ficar aliviada diante daquela notícia, mas, em vez disso, sentiu um estranho desapontamento. – Foi... bom ter me avisado.

Ele ficou em silêncio por mais um momento e, então, disse:

– Você poderia ir comigo.

– Para Nova York? – Um súbito tremor de animação a percorreu, mas ela logo se controlou. – É claro que não posso. É simplesmente impossível – disse, seca.

– Por quê? Você tem um passaporte?

– Sim, em algum lugar por aqui.

– Então sugiro que o procure, *m'amie* – ele falou, a voz irônica. – Vai precisar dele para nossa lua de mel.

– Lua de mel? – Helen percebeu, irritada, que estava começando a parecer um eco. – Com certeza não há necessidade disso – protestou. – Não será um casamento de verdade...

– Você vai descobrir que ele será bastante real, *chérie*. – As palavras dele eram leves, mas ela percebeu um tom de aviso. – E certamente teremos uma lua de mel, embora breve, por causa de compromissos que eu já havia assumido antes.

Marc fez uma pausa.

– Um velho amigo nos ofereceu uma *villa* no sul da França. O que acha?

– Você parece tão decidido que minha opinião parece ser o de menos agora.

Helen imaginou tê-lo ouvido suspirar.

– Acho essa sua candura admirável, *m'amie*. No entanto, logo precisaremos discutir os detalhes dessas suas ideias.

De repente o tom dele ficou profissional.

– Nesse meio tempo, sugiro que use parte do dinheiro que depositei em sua conta para contratar mais empregados para cuidar da casa e do terreno.

– Mas não há necessidade – refutou. – Podemos dar conta de tudo muito bem do jeito que estamos.

– Não é uma questão de dar jeito, *ma chére* – Marc ficou menos paciente. – O casal Marland não é jovem, e em algum momento ambos vão querer se aposentar. Até lá sei que ficariam felizes em receber ajuda, principalmente quando houver festas para organizar ou quando você estiver fora.

– Mas eu nunca saio daqui – ela voltou a refutar.

– Até agora, talvez não. Mas isso vai mudar. Você será minha mulher, Hélène, não apenas uma dona de casa. Acho que não fui claro o suficiente a respeito disso. Quando precisar viajar para o exterior a trabalho, muitas vezes vou querer que vá comigo.

Helen elevou um pouco mais a voz.

– Você espera que eu seja sua... acompanhante?

– Minha companheira – ele disse, com tranquilidade –, e minha amante. Dormir com você em meus braços foi uma experiência tão doce, *chérie*, que mal posso esperar para repeti-la.

– Obrigada. – Ela manteve a voz firme, apesar de o rosto estar muito quente e rubro, e tentou se convencer de que o leve arrepio que sentiu era de raiva. – Tem mais alguma ordem para mim ou posso ir agora? – perguntou, depois de bufar.

Marc riu.

– Se eu conseguisse lhe dar ordens, Hélène, você viria comigo para Nova York. – Ele pareceu considerar a questão por mais um momento e então acrescentou, gentil. – Durma bem, *mon ange*... Mas pense em mim quando fechar os olhos, *hein*?

Ela murmurou alguma coisa incoerente e desligou o telefone.

Helen voltou pensativa ao próprio quarto e guardou o anel de rubi na caixa onde estava o colar de pérolas que fora da avó, sua única outra joia de valor.

Joias não combinavam com o estilo de vida de Helen, por isso ela não as usaria. Assim como não contrataria novos empregados, como ele mandara. Já bastava ter de aguentar o arquiteto dele e a equipe invadindo a privacidade dela.

Ainda sentia dificuldades para encarar o fato de que tanto ela quando Monteagle logo pertenceriam completamente a Marc Delaroche.

Pense em mim. As palavras dele voltaram à mente dela quando se deitou e puxou as cobertas.

Infelizmente, descobriu que cedera sem querer ao pedido de Marc quando buscou por ele na cama estreita ao acordar após sonhos agitados.

Helen se virou, furiosa e humilhada, e escondeu o rosto quente no travesseiro.

– Maldito! – sussurrou inflamada.

Ela levantou tarde, sentindo-se cansada pela noite mal-dormida e convocou Daisy para ajudá-la a começar os trabalhos no quarto principal. Elas retiraram as cortinas, e Helen as levou para a cidade para a costureira tirar o molde que usaria tão logo chegassem os novos tecidos.

Na curta ida até o vilarejo, constatou que as notícias realmente corriam, pois recebeu cumprimentos efusivos da própria costureira e de Marion Lowell, que a abraçou emocionada, dando os parabéns pelo noivado.

Quando voltou para casa, depois de prometer à esposa do pastor que conversaria com Marc sobre a possibilidade de realizarem uma breve cerimônia religiosa, Helen estava com o humor sombrio.

E não melhorou ao ver um caminhão carregado de andaimes passar por ela e atravessar os portões de Monteagle.

Ela observou o veículo, perplexa, e correu em direção à propriedade.

A frente da casa estava tomada por vans e caminhões, com escadas e material de construção sendo descarregados por todo lado.

Parou, olhando ao redor, confusa. Um homem de estatura média, cabelo castanho e óculos se aproximou e a encarou com a expressão séria.

– Sinto muito, mas a casa não está mais aberta para receber turistas – disse ele.

– De onde tirou essa ideia? – Helen perguntou com frieza.

– São ordens de *monsieur* Delaroche – o homem retrucou. – O dono da propriedade.

– Ainda não – Helen devolveu, altiva. – Sou Helen Frayne, e a casa ainda me pertence. – Ela fez uma pausa. – Presumo que seja o arquiteto.

– Sim – ele confirmou. Os olhos se estreitaram por trás dos óculos, como se estivesse confuso. – Sou Alan Graham. É um prazer conhecê-la, senhorita Frayne – acrescentou, sem muito entusiasmo.

– Marc mencionou que você viria... Mas não com tudo isso. – Ela gesticulou mostrando a agitação ao redor. – O que está acontecendo?

Ele deu de ombros.

– Marc quer que o trabalho comece o mais rápido possível.

– Isso eu posso ver. Mas como? Você não pode ter conseguido arranjar tudo isso em apenas um dia... É simplesmente impraticável. – Ela parou, sentindo a boca seca. – A menos que tudo tenha sido planejado com antecedência, é claro – acrescentou. – E você estivesse só esperando por um sinal dele para entrar em ação. Foi isso?

Alan Graham pareceu desconfortável.

– E que diferença faz? A casa precisa ser restaurada e estamos aqui para isso. E o trabalho deve ser feito o mais rápido possível – completou, enfático.

O tom dele deixava implícito que não havia nada mais a ser dito.

– Há algum cômodo que eu possa usar como escritório, senhorita Frayne? Marc disse que talvez eu pudesse ocupar o antigo gabinete de seu avô.

Helen mal ouviu o que o homem dissera. Como Marc ousara selar o acordo entre eles?, pensou, sentindo-se humilhada.

Mas agora estava feito, e não havia como desfazer.

– O gabinete do meu avô está sem mobília e desocupado já há algum tempo. Mas você pode usá-lo se quiser. – Helen hesitou, ainda impressionada com toda a atividade ao redor. – Posso perguntar onde essas pessoas todas vão ficar?

– Não se preocupe, arrumamos acomodações para eles em Aldenford, e tenho um quarto alugado no Monteagle Arms. E logo minha mulher se juntará a mim e vamos procurar uma casa para alugar pelo período em que durar o trabalho.

– Entendo.

– Talvez possa me mostrar onde fica o gabinete, para que eu possa desempacotar meus documentos e desenhos.

– É claro – Helen falou, percebendo que, ao que parecia, o arquiteto também não aprovava o casamento apressado.

– Eles vão começar pelo quarto principal – Daisy contou, animada, enquanto Helen bebia uma xícara de café sentada à mesa da cozinha. – Parece que o senhor Marc pretende usá-lo depois que vocês se casarem.

– É mesmo? – foi tudo o que Helen conseguiu dizer.

A suíte principal, ela pensou, sentindo o estômago se contrair de tensão, sendo preparada com toda pompa para o senhor... e sua noiva comprada.

Quando Marc telefonou naquela noite, ela estava pronta para encará-lo.

– Você já havia planejado tudo isso! – esbravejou em resposta às perguntas dele sobre seu bem-estar. – Antes mesmo de vir aqui conhecer o lugar, já sabia que iria restaurar Monteagle. Por quê?

– Achei seu pedido de aplicação de recursos... intrigante. Então, quando a vi, *ma belle*, minha fascinação foi absoluta. – Ele ainda teve a ousadia de soar engraçado. – Mas como eu parecia ter um rival, decidi oferecer a você um empréstimo sem juros, na esperança de que minha generosidade acabasse sendo recompensada.

– E por que não fez isso? – balbuciou ela.

– Porque descobri que Nigel a traía e que logo nada me impediria de reclamá-la para mim. Como parecia pouco provável que você aceitasse ser minha amante, resolvi oferecer o dinheiro a você como um presente de casamento. Pode me culpar?

– Culpá-lo? Você é um maldito! – atacou. – Pedi a você que me emprestasse o dinheiro... Quase implorei!

– Mas agora nós dois vamos ter o que desejávamos, *mon coeur*. E é isso o que importa. Mas se isso a deixa feliz – acrescentou irônico –, posso prometer que ficarei envergonhado durante cinco minutos todos os dias.

Helen lutou para encontrar palavras, mas não conseguiu e desligou o telefone.

Marc não ligou na noite seguinte, nem na outra. E passou o restante da semana sem entrar em contato.

Foi quando Helen se deu conta de que não tinha ideia de como encontrá-lo. Isso era ridículo!

Ela imaginou que ele estivesse em Nova York e tratou de não pensar no assunto. A única preocupação deveria ser Monteagle, como sempre.

Tudo ao redor estava coberto de poeira, pedaços de madeira e placas de gesso. As paredes mofadas e a madeira estragada estavam sendo postas abaixo a golpes de marreta. O sonho de Helen finalmente estava se realizando e aos poucos a casa voltava ao esplendor e glória.

Alan Graham ainda se mantinha distante, mas era inegável que estava ciente do que fazia e que a equipe era composta de artesãos que amavam aquele trabalho. Não havia contenção de despesas e, obviamente, Marc estava investindo uma fortuna no projeto.

E isso era o que realmente importava, ela voltou a se lembrar. Lidaria com o restante na hora certa.

Helen observou, quase sem acreditar, o quarto principal lindamente restaurado às origens do século XVII.

Sob quaisquer outras circunstâncias, aquele seria um cômodo perfeito para abrigar felicidade...

Ela se deteve e mordeu o lábio. Nem pense nisso, censurou. Felicidade não é uma palavra a ser cogitada.

Principalmente quando ainda não havia recebido outro contato de Marc. Era óbvio que ele estava se divertindo demais para se importar com a noiva relutante que deixara na Inglaterra.

Porém, na quarta-feira seguinte, quando Helen estava parada do lado de fora da casa, observando fascinada enquanto o novo telhado era colocado, ouviu a voz de Marc chamando o nome dela.

Ela se virou, incrédula, e o viu parado a alguns metros. Vestia calças esportivas acinzentadas e camisa escura. Marc ergueu os braços em uma ordem silenciosa e Helen foi até ele, insegura, os olhos fixos no rosto moreno e enigmático, consciente da chama de desejo que queimava em ambos.

Quando o alcançou, ele a ergueu do chão e a abraçou com força. Helen sentiu o corpo trêmulo ser pressionado ao dele... E não pôde ignorar a pontada incômoda de desejo que a percorreu.

Lembrou-se então de todas aquelas noites solitárias que passara sem conseguir pensar em nada além do toque dele... E, ai, Deus do céu, daqueles beijos... Todos os sonhos inquietantes que a faziam corar só de lembrá-los.

De repente, Helen teve vontade de se enroscar nele, de passar os braços ao redor do pescoço forte e as pernas em volta dos quadris másculos. Foi aí que percebeu o perigo que corria.

Quando a boca de Marc tentou capturar a dela, Helen afastou a cabeça ligeiramente, e o movimento fez os lábios dele encostarem apenas no queixo dela.

– Marc – Ela tentou se libertar e deu uma risadinha forçada. – As pessoas estão olhando.

Ele abaixou os olhos para encará-la, a expressão era obstinada.

– Isso é fácil de remediar – disse baixinho. Então a ergueu nos braços sem esforço e começou a carregá-la em direção à casa.

Helen sentia o rosto queimar ao ouvir os sussurros, as risadas e os aplausos dos trabalhadores conforme passavam, mas o bom senso a alertou a não lutar contra a situação, ou acabaria parecendo mais ridícula.

Já dentro de casa, ela esperou que ele a pusesse de pé, mas Marc a manteve nos braços e subiu as escadas até o quarto principal.

– O que está fazendo? Me ponha no chão! – exigiu.

– Às suas ordens, *mademoiselle*. – A voz dele soou quase cruel, enquanto atravessava o quarto em direção à cama. Ofegando, Helen se viu jogada no meio do colchão.

Ela lutou para sentar, olhando Marc, que estava parado à frente, com as mãos nos quadris.

– Como ousa me tratar dessa maneira? Se acha que vou ficar impressionada por essas... táticas de homem das cavernas... Está muito enganado.

– Isso não é nada perto do que eu gostaria de fazer com você. Ou melhor, perto do que farei caso volte a recusar meus beijos, seja em público, seja a sós. E não importa se está com raiva de mim ou não.

Ela mordeu o lábio, desviando o olhar do dele.

– Você... me pegou de surpresa. Não esperava vê-lo assim, tão de repente.

– Isso é óbvio. E é por isso que não está usando o anel que lhe dei?

É óbvio que ele iria reparar!

– Estou vivendo em um canteiro de obras – retrucou Helen, na defensiva. – Não queria correr o risco de perdê-lo ou de estragá-lo.

Marc lançou um olhar cético.

– Ou é porque ele lembra que logo, logo será minha esposa?

Helen mordeu o lábio.

– O que está esperando, que eu esteja feliz e ansiosa?

– Não – disse ele, tranquilo. – Mas se não sou bem-vindo, que tal ao menos um pouco de cooperação?

Antes que ela pudesse se mover, sentiu as mãos dele lhe tocando os ombros e deitando-a de costas no colchão. Marc se deitou a seu lado e a puxou mais para junto de si. Os lábios começaram a explorar os dela com um prazer frio, quase fraco.

E sem nenhuma pressa, Helen percebeu.

Ela apoiou as mãos no peito dele, tentando manter alguma distância, mas não ousou oferecer mais resistência.

O aviso dele ainda ecoava na mente, por isso Helen sabia que não deveria provocá-lo. Agora se convencera de que teria sido mais inteligente ter oferecido os lábios a Marc na frente de todos em vez de correr aquele risco no quarto.

Helen estava completamente vulnerável na cama com ele, no quarto que logo estariam compartilhando. E como todos supunham que eles estavam juntos, ninguém se arriscaria a incomodá-los.

O sol do meio-dia entrava pelas janelas altas, envolvendo-os em um calor dourado.

Ela sentia como se estivesse afundando, desamparada na maciez do colchão, os lábios se abrindo para o próprio desgosto, prontos a responder à pressão sensual da boca de Marc, prontos para acolher a invasão macia da língua.

Por dentro da camisa fina, Helen sentiu os seios incharem conforme o beijo se tornava mais apaixonado. Os mamilos rijos pareciam torturados pela renda do sutiã que os prendia, ansiando por liberdade.

Foi como se tivesse anunciado seu desejo em voz alta, pois, naquele instante, sentiu as mãos dele começarem a abrir os botões da blusa com muito cuidado.

Helen continuou deitada e tão quieta que mal ousava respirar. Sentia o sol bater nas pálpebras fechadas, a pulsação frenética, em total expectativa...

Marc estava beijando a testa dela, afastando o cabelo macio com um sopro, descobrindo a cavidade delicada da orelha com a língua... Então seguiu descendo mais um pouco, até a base da garganta.

Os dedos dele deslizaram para dentro da blusa dela, afastando-a do ombro.

Então Marc inclinou a cabeça e ela experimentou pela primeira vez o choque delicioso dos lábios de um homem acariciando os seios avolumados sob a renda do sutiã. E soube que queria mais... tão mais que se assustou.

Deixou escapar um ruído baixo, meio oprimido, meio soluço. Por um momento Marc ficou muito quieto e então, de repente, e para a surpresa de Helen, optou por se afastar.

Quando encontrou forças para abrir os olhos, ela o viu parado ao lado da cama, enfiando rapidamente a camisa para dentro da calça.

– Lamento muito – ele disse –, mas havia combinado de me reunir com Alan para ver o relatório dos progressos da obra, e já estou atrasado.

Helen sentiu como se tivesse recebido um balde de água fria. Ela ajoelhou na cama a fim de abotoar a própria blusa e recuperar um pouco da dignidade.

– Desculpe se fui inconveniente – falou com a voz um pouco trêmula.

– *Au contraire* – ele disse, sorrindo. – Você é encantadora.

A raiva começou a tomar conta quando ela encontrou o olhar dele. O vencedor, pensou irritada, se deliciando com a caçada. E ela quase... Quase permitira...

Eu é quem deveria ter recuado, Helen se recriminou, envergonhada. *Ai, Deus, como pude ser tão boba?*

Marc olhou o relógio.

– Mas a reunião não vai demorar muito – ele continuou calmamente, fazendo-a sentir-se ainda mais ultrajada. – Talvez você queira esperar aqui pelo meu retorno...?

– Não – Helen grunhiu. – Não vou esperar.

– Que pena. Eu estava imaginando que você me mostraria o restante da casa. Gostaria que me dissesse o que está achando do trabalho que já foi feito e se gostaria de alterar o projeto.

– Sinto muito – Helen soou como gelo –, mas não oferecemos mais visitas guiadas. E a única mudança que desejo é nunca mais vê-lo de novo.

Ele teve a ousadia de dar uma gargalhada.

– Como você é inconstante, *chérie.* Apenas um momento atrás... – Ele encolheu os ombros e deu um suspiro exagerado. – Mas sua menção ao turismo pela casa me fez lembrar que, quando vinha para cá, encontrei madame Lowell no vilarejo. Ela me perguntou se você já havia me consultado sobre a possibilidade de o marido dela abençoar nosso casamento. Respondi que você não tivera como entrar em contato comigo, mas que era uma grande delicadeza da parte do reverendo Lowell, e que ficaríamos felizes em aceitar.

– Você disse *o quê*? – Helen parou diante dele, o rosto vermelho de raiva. – Como pôde fazer isso? Os Lowell são um casal bondoso e realmente acreditam no casamento. No casamento de verdade – acrescentou, a voz cortante. – É uma hipocrisia envolvê-los nessa nossa... barganha sórdida.

A boca de Marc endureceu e ele disse, já sem nenhum traço de diversão.

– Talvez, *m'amie*, eu ache que, apesar do que há entre nós, nossa... barganha precisa de toda a ajuda possível para funcionar.

Ele a pegou pelos ombros e a puxou para si. A boca veio dura sobre a dela, em um beijo que em nada lembrava a ternura de minutos atrás.

Aquilo, Helen percebeu, era quase uma punição.

Quando Marc a soltou, os olhos dela brilhavam diante dele, que encarou por um instante o rosto espantado. A mão dele cobriu os lábios inchados de Helen quase automaticamente.

– Entenda uma coisa, Hélène. Nosso casamento será tão genuíno quanto qualquer um poderia desejar... De todas as maneiras importantes. – A voz dele era gelada. – Quanto a isso, *ma belle*, eu lhe dou a minha palavra.

Dito isso, ele deu a volta e saiu do quarto, batendo a porta.

CAPÍTULO 8

Helen ficou parada, com a mão sobre a boca, numa tentativa de acalmar a respiração acelerada. E ouviu o próprio sussurro frustrado.

– Eu... Não deveria ter dito aquilo.

Mas não podia negar que quisera deixá-lo com raiva, magoá-lo de verdade. Quisera se vingar por ele ter ficado tanto tempo sem entrar em contato, deixando-a a mercê dos próprios sonhos perturbadores. E, mais do que tudo, quisera atingi-lo para tentar esquecer como ficou enquanto esteve a mercê das mãos e da boca daquele homem.

Não ficara tão zangada por causa do casamento na igreja. E, para o bem de Monteagle, deveria, sim, ser grata por isso.

Helen afastou o cabelo do rosto e saiu do quarto. Seria de boa política tentar amenizar de alguma forma a tensão que criara. Não chegaria ao ponto de pedir desculpas, mas quem sabe se ela mesma arrumasse o quarto que ele usaria, colocasse flores?

Pegou lençóis e fronhas no armário e levou até o quarto que Marc usara na vez anterior. Lá, abriu a janela para deixar entrar o sol e a brisa da manhã, torcendo o nariz para o barulho da obra. Então estendeu a cama rapidamente, esticando bem os lençóis e afofando o travesseiro.

Desceu até o jardim, colheu uma braçada de rosas, e já estava voltando para dentro da casa quando ouviu Alan Graham dizer:

– O que vai fazer a respeito de Angeline Vallon?

Helen parou, confusa, mas logo percebeu que a voz saía da janela aberta do gabinete do avô, bem acima de onde estava.

Alan devia estar conversando com Marc. Ela sentiu o corpo tenso e tentou ouvir a resposta, mas não conseguiu. Então o arquiteto voltou a falar.

– Marc... Ela não é um problema que vai simplesmente desaparecer. E a essa altura já deve ter ouvido falar de seu casamento. Isso pode causar confusão. E sua noiva pode descobrir.

– Então devemos tomar cuidado para que ela não descubra. – Marc provavelmente caminhara até a janela, porque agora ela conseguia ouvi-lo com clareza. E lamentava de todo coração.

– Você se preocupa muito, *mon ami* – continuou Marc. – Lidarei com Angeline... E, se for preciso, com aquele tolo ciumento com quem está casada. E Hélène não precisa saber de nada.

Helen sentiu o corpo gelar por dentro. Estava apavorada com a possibilidade de Marc olhar para baixo e vê-la ali, bisbilhotando, e sabia que não arriscaria ficar onde estava por muito mais tempo. Além disso, não aguentaria ouvir mais nada.

Eu deveria estar feliz porque há outra mulher na vida dele. Deveria estar aliviada porque nosso casamento não tem muita importância para ele, disse a si mesma. Mas não é assim que me sinto... Não é assim.

Ela voltou para dentro de casa na ponta dos pés. Jamais o deixaria perceber o quanto estava sofrendo pelo que acabara de descobrir. Nem ousava pensar por que ter ouvido aquilo doía tanto. E o instinto lhe dizia que ela não suportaria a resposta.

O VESTIDO não era branco. Era marfim. Uma grande diferença quando se pensava em simbolismos. Mas, ainda assim, era um vestido de casamento, e em pouco mais de uma hora ela o estaria usando no cartório de Aldenford e se tornaria a esposa de Marc Delaroche.

O tempo parecera voar, e agora ela estava assustada.

O cabelo fora cortado e arrumado de modo a lhe destacar o rosto, mas, por maiores que tenham sido os esforços do maquiador, ela ainda parecia pálida e a expressão era tensa.

No reflexo do espelho, ela também via o elegante jogo de malas sobre a cama, contendo o enxoval que Lottie a obrigou a comprar assim que se conformou com o fato de que Helen não recuaria na decisão de se casar.

Incluindo, é claro, o delicado vestido de noiva em seda. A saia descia até pouco abaixo dos joelhos e o corpete era arrematado com viés, com alças bem finas nos ombros. Por cima, um casaquinho sem gola, na altura da cintura, fechado por uma fileira de botõezinhos também forrados de seda. Era uma roupa linda, pensou Helen, admitindo que não foi preciso muito para persuadi-la a comprá-lo.

Lottie também insistira para que ela comprasse vestidos de noite e de coquetel, roupas esportivas para o dia e roupas de banho, estas últimas escolhidas com relutância.

– Não seja puritana – Lottie provocou. – Está se casando com um multimilionário e vai passar a lua de mel em uma *villa* exclusiva na Riviera Francesa. Marc com certeza vai esperar que esteja vestida e despida de acordo.

– Por que mudou para o time dele de repente? – Helen perguntou, ruborizando.

– Sou do seu time – Lottie deu um abraço rápido na amiga. – E é por isso que quero que você pareça bem.

Na hora de escolher a *lingerie* e as roupas de dormir, Lottie voltou a torcer o nariz para as opções discretas de Helen e insistiu para que ela comprasse uma camisola branca especial para a noite de núpcias. A peça, apesar de discreta, era muito sensual.

Mas agora Helen sabia que Marc tinha outra pessoa para satisfazê-lo nos momentos de prazer. E mesmo que não tivesse ouvido a conversa dele com Alan, a essa altura já teria imaginado alguma coisa, afinal, desde aqueles breves momentos de loucura no quarto principal, Marc não voltara a tocá-la de maneira mais íntima.

Nem mesmo passara uma única noite no quarto que ela arrumara para ele, preferindo, em vez disso, ficar hospedado na casa que Alan e Susan Graham haviam alugado.

Mas tal situação terminaria naquela noite. Em poucas horas eles estariam sozinhos em um quarto de hotel com vista para o Mediterrâneo. E ela imaginava que, apesar da frieza que se instalara entre eles, ele esperaria dividir a cama com ela e submetê-la a seus desejos.

E naquela noite ela estaria preparada para não deixar o corpo inocente sucumbir aos apelos dele... Não seria rejeitada outra vez apenas para que ele se divertisse daquele modo tão cruel. Seria tão fria quanto ele e pagaria o preço por Monteagle, porém sem se envolver.

A menos, é claro, que Marc a liberasse dessa parte do compromisso. E ela poderia ter esperanças de que isso acontecesse, não é?

HELEN FICOU surpresa ao ver a igreja cheia quando entrou pela nave principal, de mãos dadas com Marc.

Sabia que muitas pessoas estavam ali por curiosidade, mas a maioria, conhecidos de uma vida inteira, viera para lhe desejar felicidades.

A vontade foi de virar para eles e dizer: "Não sejam tolos, esse casamento é uma fraude".

Até aquele momento tudo acontecera como numa bruma. Helen mal se lembrava das frases formais que recitara no cartório de Aldenford alguns momentos antes.

Entretanto, o brilho da aliança no dedo era uma lembrança concreta de que o trato estava selado.

Isso está errado, pensou, sentindo a garganta apertada. O que estamos fazendo está errado...

Ela se ajoelhou ao lado de Marc para receber a bênção do reverendo. Quando se levantaram, ele pegou a mão dela e a puxou para junto de si.

– *Ma femme* – disse, baixinho.

Helen sabia que ele iria beijá-la e que desta vez não poderia protestar ou fugir. Assim ergueu os lábios para receber um beijo surpreendentemente terno.

Ela ouviu um murmúrio entre os convidados e achou ser pelo prazer de assistir àquele clássico momento romântico, mas, quando se virou, entendeu o verdadeiro motivo da inquietação coletiva.

Nigel estava lá, encostado em uma parede, ao fundo da igreja, sorrindo de forma irônica ao vê-los se aproximar.

Por um momento Helen pensou que fosse uma alucinação. O que ele estava fazendo ali?

Ela arriscou um olhar para o rosto de Marc e viu uma máscara de simpatia fria. No mesmo instante, ele apertou a mão dela com mais força.

Helen queria correr logo para o carro que já os esperava para levá-los ao aeroporto, mas era impossível. As pessoas os cercaram para cumprimentá-los, e ela foi obrigada a ficar de pé, sorrindo até sentir dor nos músculos da face.

Em algum momento acabou sendo separada de Marc. Olhou ao redor para procurá-lo e viu que ele estava um pouco distante, conversando com Alan e alguns rapazes da cidade.

– Posso beijar a noiva? – a voz de Nigel ao lado era baixa e insinuante, mas os braços a puxaram para um abraço nada sutil. Mas não houve beijo. Em vez disso, ele encostou os lábios na orelha dela e disse: – Se faltar assunto esta noite, docinho, por que não pergunta a seu marido sobre Angeline Vallon? E veja se ele lhe conta.

Helen se libertou dos braços dele como se tivesse levado um tapa. Não preciso perguntar, quis gritar. Já sei.

Mas Nigel já havia saído e se misturado à multidão risonha.

Então ela viu Marc se aproximando, a expressão fechada.

– Acho que está na hora de irmos, Hélène. *Allons.* – disse, seco.

Ela obedeceu, trêmula e calada.

O SILÊNCIO entre eles permaneceu durante todo o tempo do voo. Marc se desculpou por ter um trabalho pendente e se concentrou nos papéis à frente, enquanto Helen continuava a cismar com a tal Angeline Vallon.

Já dentro do carro que os pegara no aeroporto, passaram por um cassino enquanto percorriam as ruas de St Benoit Plage, na Riviera Francesa. Marc quebrou aquele silêncio tão enervante:

– Gostaria de conhecer o cassino uma noite dessas? Eles têm um restaurante ótimo, e você pode tentar a sorte nos jogos.

– Obrigada, mas não – ela recusou. – Meu pai era o jogador da família. Não quero seguir os passos dele.

Marc deu de ombros com sutileza.

– Como você quiser – retrucou. – Posso vir sozinho, então.

A *Villa Mirage* era uma construção magnífica de dois andares, isolada à beira-mar. Era grande e arejada, e os cômodos do primeiro andar davam para luxuriantes jardins.

Em outras circunstâncias, Helen teria ficado extasiada, mas agora estava apavorada.

Assim que entraram, Marc a apresentou aos dois empregados da casa, Gaston e Elise, que os serviriam durante a estada.

Elise conduziu Helen até o quarto, no andar de cima, enquanto Gaston veio atrás com a bagagem. Helen percebeu, surpresa, que as malas de Marc já haviam sido levadas pelo motorista para outro quarto, bem em frente ao dela.

No mesmo instante, a tensão que a consumia arrefeceu, e ela precisou controlar um suspiro de alívio.

O quarto era grande e agradável. Helen abriu as portas da varanda e sentiu o ar cálido, com uma leve fragrância de lavanda. Uma cigarra cantava bem perto dali.

Ela respirou profundamente, tentando se acalmar.

– Tudo vai ficar bem – sussurrou para si.

Quando retornou ao quarto, se deteve com um grito sufocado. Marc estava lá, encostado no batente da porta, observando-a.

– Você... Você me assustou – Helen balbuciou.

– Você se assusta com facilidade, *m'amie* – ele comentou zombeteiro, e entrou no quarto. – Só vim avisar que nosso jantar será servido em vinte minutos.

– Ah – ela disse tentando soar satisfeita diante da ideia, quando na verdade nunca se sentira tão sem apetite. – Já vou descer. – Ela se virou de costas para ele e começou a abrir os botões do casaquinho.

– Tenha cuidado. Ou vai acabar rasgando o casaco. – Ele caminhou até onde ela estava e afastou as mãos trêmulas e delicadas da roupa, abrindo ele mesmo os botões com rapidez e habilidade.

Ela achou uma boa ideia tirar o casaco, mas num rompante sentiu-se absurdamente pouco à vontade assim que a roupa deslizou pelos ombros. Como se estivesse se desnudando diante do olhar escuro e impenetrável de Marc.

– Seu vestido é encantador – ele disse depois de um instante. – Agora vamos descer e aproveitar nosso jantar de núpcias.

Fora posta uma mesa sob um toldo no terraço decorada com flores e velas. A comida estava maravilhosa, e o vinho no ponto, mas o nervosismo de Helen não permitiu que ela fizesse justiça a nenhum dos dois.

– A comida estava deliciosa – comentou, tentando aparentar uma calma que não sentia. – E foi muita gentileza de seus amigos emprestar a casa.

– Sinto muito que só possamos ficar por uma semana. Mas talvez possamos fazer uma viagem maior ainda este ano. Para o Caribe ou para as Ilhas do Pacífico. – Ele fez uma pausa. – Você gostaria de ir?

Helen não chegou a encará-lo.

– Parece interessante...

Ai, pare de fingir, ela implorou em silêncio. *Por favor, pare de fingir*.

Estava ficando tarde e Helen tentou disfarçar um bocejo, mas Marc percebeu.

– Está cansada?

– Não! – Ela negou com ênfase. – Aqui é tão adorável – acrescentou forçando um sorriso.

– Você aproveitará melhor pela manhã – ele comentou. – E estou feliz que não esteja cansada. – Marc terminou de tomar o conhaque, se levantou, foi até ela e estendeu a mão. – Está na hora de ir para a cama, *ma femme. Viens*.

Helen se ergueu, trêmula, e deixou que ele a guiasse para dentro de casa. Subiram as escadas juntos e, à porta do quarto dela, Marc parou e passou a mão no próprio queixo.

– Preciso me barbear – disse. – Logo me juntarei a você.

Engolindo em seco, ela entrou no quarto e fechou a porta. As luminárias estavam acesas e as cobertas arrumadas. A camisola branca de seda que comprara com Lottie esperava por ela, aberta sobre a cama.

Não seria poupada, pensou, entorpecida. Mesmo tendo outra mulher, Marc não perderia a oportunidade de possuir sua noiva virgem.

E agora, além de precisar lutar contra as reações traiçoeiras do próprio corpo, ainda havia a humilhação de saber que compartilhava o marido com outra.

Uma risada que mais parecia um soluço lhe escapou da garganta.

– Meu Deus – sussurrou. – E eu achei que poderia enfrentá-lo.

Ela foi até a penteadeira e deixou o corpo cair sobre o banquinho de veludo. Parecia pálida sob aquela luz baixa, os olhos muito arregalados.

Como vou suportar isso? O que devo fazer? E continuou sentada, imóvel, com o rosto escondido entre as mãos.

Helen não ouviu a porta abrir, mas o sexto sentido a avisou que não estava mais sozinha. Levantou a cabeça e encontrou o olhar dele refletido no espelho. Marc estava parado atrás dela, usando um roupão de seda escuro, e ela sabia que ele não usava nada por baixo.

Ele havia tomado banho e o aroma da pele limpa invadiu os sentidos dela.

– Achei que já estivesse na cama, *ma belle*.

– Meu vestido – ela disse, tentando arranjar uma desculpa. – Não consegui alcançar...

– Você poderia ter vindo até mim, Hélène. Bastava ter pedido para ajudá-la. – As mãos dele se fecharam sobre os ombros frágeis, movimento que a incitou a se levantar. – Assim – ele sussurrou.

Helen sentiu o gancho do corpete do vestido ser aberto e logo o zíper foi abaixado. Em seguida, sentiu a boca de

Marc lhe tocar a nuca e se mover gentilmente até o ombro, afastando a alça fina e beijando a pele nua.

O vestido começou a deslizar pelo corpo dela, e Helen o agarrou com as duas mãos, enquanto um tremor incontrolável de desejo lhe percorreu.

Ele a virou bem devagar para que pudesse encará-lo, a boca procurando pela dela. E disse baixinho:

– *Mon ange.*

Anjo, ela pensou atordoada, sentindo a pulsação acelerar. Meu anjo. Minha... Angeline... Será que ele também a chamava assim também, *mon ange*? Será que ele usava as mesmas carícias para seduzir a amante... e todas as outras mulheres?

As mulheres de Marc... Tão efêmeras. Esquecidas com tanta facilidade.

Mas ela só seria mais uma se o permitisse. Helen sentiu a raiva crescer.

Quando ele voltou a beijá-la, ela virou o rosto e os lábios dele deslizaram até o queixo. Então Helen disse, em uma voz que nem ela mesma reconheceu:

– Não... Não, Marc, por favor.

Ele parou e franziu o cenho, mais surpreso do que aborrecido. Segurou o rosto dela entre as mãos e a obrigou a encará-lo.

– O que houve? – O tom era gentil. – Qual é o problema?

– Não posso fazer isso – ela falou com dificuldade. – Pensei que... Que podia. Mas é impossível.

Marc passou o braço ao redor dos ombros de Helen, as mãos deslizaram para dentro do vestido aberto, massageando com gentileza a pele nua das costas e fazendo-a tremer e arder com um desejo que lutava para ignorar.

– *Mon amour* – ele murmurou, como se estivesse sentindo a confusão no corpo de Helen. – Não há motivo para ter medo. Você acha que eu seria capaz de machucá-la? Prometo que não vou fazer isso.

Mas já estava machucada, quis gritar para ele. Estava dividida entre o desejo e a razão, enquanto a mágoa e a humilhação ameaçavam devorá-la. Sabia que, caso se virasse para encará-lo naquele momento, estaria perdida.

– Por favor... Você precisa me deixar ir – A voz dela falseou. – Eu... Eu não posso ser o que você quer... Não posso fazer o que você quer que eu faça. Você disse... Disse que seria paciente...

– Paciente! – ele repetiu, a voz incrédula. – Como ousa me dizer isso? *Mon Dieu!* Até quando eu sabia que seu corpo estava pronto para me receber, fiz um esforço enorme e me afastei. Esperei em respeito a você, até que fosse minha esposa.

– Isso é só um trato, não é de verdade – disse Helen, com a respiração entrecortada.

Marc então se afastou dela, mantendo a expressão sóbria.

– *Mais, oui.* Temos um trato, aquela barganha sórdida, como você mencionou, e com a qual concordou, *ma chére*, por mais que possa estar arrependida neste momento.

Ela o encarou e envolveu o próprio corpo com os braços.

– Você foi minha tábua de salvação – disse. – E sou grata por isso. Só que não me permiti encarar as... implicações pessoais disso. Pelo menos não até agora.

– Nem mesmo quando esteve em meus braços, *ma belle*? – Marc deu uma gargalhada rouca e sem humor. – Acho que está mentindo. – Ele fez uma pausa. – Mas há mais uma coisa que deve considerar. Por que eu deveria cumprir nosso acordo se você não está fazendo sua parte?

Helen ficou em silêncio por um longo momento, até que conseguiu dizer:

– Você está dizendo que.... Abandonaria Monteagle? Que pararia todo o trabalho porque eu... Eu não o quero...?

Ela lançou um olhar de súplica, mas percebeu que aquele momento encarava os olhos enfurecidos de um estranho.

– Não faria isso... Não é? – gaguejou. – Você... Você ama o lugar. Além disso, prometeu que...

– Você também fez uma promessa – ele disse. – Hoje mesmo. E meus sentimentos sobre a casa não importam. Detesto ser enganado, minha pequena trapaceira. Se pode quebrar sua promessa com tanta facilidade, então eu também posso.

Marc fez uma pausa.

– Ou talvez prefira reconsiderar, minha bela esposa. Certamente, pelo bem de sua adorada Monteagle, você será capaz de suportar essa pequena inconveniência. Mas não me faça esperar muito – acrescentou com frieza, já pronto para sair. – Mas, da próxima vez, você virá até mim.

Helen continuou parada, mal conseguindo respirar, observando-o sair e fechar a porta.

Depois de um instante, ela descruzou os braços e deixou o vestido deslizar até o chão. Então foi até o banheiro, encheu a banheira, entrou e recostou a cabeça, fechando os olhos e tentando pensar com calma e racionalidade.

Essa pequena inconveniência, Marc dissera com cinismo.

Ai, Deus, se ele desconfiasse.

Porém, para manter a dignidade, teria de fingir indiferença, não importa o quanto custasse. E o instinto lhe dizia que o preço seria alto.

Ela só esperava que ele se cansasse logo daquela resistência passiva. Mas até lá...

Ela secou o corpo, escovou os dentes e penteou o cabelo. Depois foi até a cama e vestiu a camisola bonita e delicada. A seda roçava nas pernas quando Helen saiu do quarto, atravessou o corredor e entrou no quarto dele em silêncio.

CAPÍTULO 9

Ele estava deitado na cama, apoiado nos cotovelos, de frente para a porta. Esperando, Helen percebeu, não tinha dúvidas de que ela apareceria. Saboreando a vitória por antecipação.

No entanto, não havia triunfo no breve sorriso que ele lhe dirigiu.

Marc afastou as cobertas, indicando sem usar uma palavra que Helen deveria se juntar a ele. Ela obedeceu, deitando rígida e envergonhada ao lado, ciente do próprio coração disparado, porém mais ainda da nudez quente do corpo másculo e dos olhos graves que lhe examinavam.

Ainda apoiado nos cotovelos, Marc levantou uma das mãos e afastou o cabelo dela da testa, percorrendo a linha da sobrancelha com a ponta dos dedos. O toque era leve como a asa de uma borboleta. Ele continuou descendo pelos malares e parando ao lado da boca bem desenhada.

– Hélène – A voz dele era tão delicada que chegava a ser estranho. – Sabe o quanto ansiei por este momento e por você?

Marc inclinou a cabeça e a beijou. Os lábios se moviam sedutores sobre a boca indiferente enquanto a mão deslizava até o decote da camisola.

– Essa camisola é muito bonita – sussurrou. – Mas acho que você ficaria ainda mais linda sem ela.

Helen tremia por sentir a seda deslizar corpo abaixo e por ouvir o murmúrio de satisfação que ele soltou no momento em que envolveu um seio nu com uma das mãos. Ela descobriu, consternada, que não importava o quanto estivesse determinada a resistir: não podia evitar que os mamilos enrijecessem sob as carícias. Assim como não podia negar a sensação súbita e intensa que pairou entre as coxas.

Marc se inclinou mais sobre ela, a boca se aproximando do lugar acariciado pela mão, a língua estimulando o mamilo com ardor.

Ele agora estava deitado ao lado dela, o braço passado ao redor dos ombros, segurando-a contra o corpo e deixando clara a intensidade da rigidez que brotava na pélvis. A mão dele desceu lentamente pelo corpo da esposa, explorando cada curva sobre a seda, provocando uma fricção delicada e erótica na pele dela.

Helen sentiu os dedos deslizarem pelo quadril e descerem até a barriga lisa. A intenção era óbvia. Ao mesmo tempo, a boca capturava a dela com intensidade renovada.

Então ela não aguentou mais e segurou as mãos do marido, afastando-as sem hesitação.

– Não – falou, desesperada. – Não me toque.

Ele ficou quieto por um momento. Então suspirou.

– Ah, *mon amour*. – Então, pegou a mão de Helen e levou-a aos lábios, acariciando a palma com delicadeza. – Não lute contra mim, estou pedindo. Relaxe. Deixe que eu faça desse momento algo maravilhoso para você.

– Maravilhoso? – Ela fez eco com uma incredulidade amarga. – Você me comprou para ter sexo, *monsieur*, então como isso pode ser maravilhoso? Não que esse seja o ponto importante, mas... Eu... Só quero que seja rápido!

Num repente, ele ficou tenso, os dedos agarraram os dela a ponto de causar dor. Por fim, disse sem perder o controle:

– Hélène, você não sabe o que está dizendo.

– Sei sim – As palavras escaparam cheias de mágoa. – Estou enojada dessa hipocrisia, desse fingimento de que sou outra coisa além de mais uma mulher que você quer levar para a cama. Não suporto ser tocada por você... beijada. Portanto, apenas faça o que tem que fazer e me deixe ir porque eu não o desejo e nunca vou desejar.

A inesperada risada rouca que ecoou pelo quarto fez com que ela se encolhesse. Marc a soltou e sentou-se, o lençol escorregando de seu corpo. A expressão era cruel.

– E agora, *madame*? Deve estar esperando que eu admita a derrota e a mande de volta ao santuário virginal de seu quarto. Certo? E depois? Teremos uma rápida e discreta anulação de nosso casamento?

Ele balançou a cabeça, negando.

– Bem, pode ir sonhando, *mon coeur*. Porque você não vai a lugar algum até que eu torne esse casamento uma realidade.

Antes que Helen pudesse perceber, ele se deitara sobre ela e a mão já levantava a camisola e lhe entreabria as coxas com cruel determinação.

Ela sentiu os dedos dele vasculhando o calor úmido e sedoso na parte mais íntima e o ouviu rir baixinho. Quis desaparecer de tanta vergonha.

– Assim eu só vou conseguir odiá-lo – ela bradou, tentando se livrar dele sem sucesso.

– Esse é um privilégio que você tem... E esse aqui... é o meu. – Ajeitando o corpo rígido sobre o dela, ele a penetrou lenta e cuidadosamente.

Helen permaneceu deitada, imóvel, mal conseguindo respirar, os olhos fechados e o pulso pressionado contra a boca, esperando a dor chegar, mas determinada a não gritar por causa dela.

Mas não houve necessidade. Ela não esperara nenhuma consideração da parte dele. E provavelmente não merecia muita delicadeza. Mas, ao fim, ele a tratou com cuidado e carinho. E apesar de Helen ter mantido o corpo tenso, Marc a possuiu devagar e completamente.

Mas foi uma relação sem alma. Sem beijos e carícias demoradas. Mesmo inexperiente, ela percebeu isso. E sentiu-se angustiada. Uma vozinha dentro do coração lhe dizia que não deveria ser assim. Mas ela preferiu ignorar e tentou se concentrar com certo desespero no que achava mais importante. E já estava acabado.

Foi aí que ouviu a respiração dele mudar de ritmo e o corpo se convulsionar em espasmos violentos assim que atingiu o clímax.

Ela o ouviu gritar alguma coisa incompreensível e, por um instante, foi como se a barreira de reservas que Marc se esforçava em manter tivesse sido derrubada. Helen sentiu o peso dele desabar sobre ela, mas ele logo rolou para longe e escondeu o rosto sob os braços, deixando--a livre.

Ela continuou deitada, quieta, sentindo o corpo dolorido e a alma confusa. Tinha vontade de gemer alto.

Afastou-se um pouco, chegando mais perto da beira da cama. Então perguntou, com a boca seca.

– Posso ir agora? Posso voltar para meu quarto?

O silêncio reinou por um longo momento, até que ele levantou a cabeça e olhou para ela com sarcasmo.

– Por que não? Acredito que não queira dormir nos meus braços e me dar um beijo de bom-dia pela manhã, não é? Então volte para seu santuário, minha pequena trapaceira.

As palavras dele doeram, principalmente porque sabia que, se ele a abraçasse mais uma vez, ela não conseguiria resistir.

Optou por erguer o queixo em desafio.

– Eu não trapaceei. Fiz o que você esperava que eu fizesse.

– Fez? – A boca de Marc se contorceu. – Como você sabe pouco sobre a vida, *chérie*. E a maior vítima é você mesma, que não permitiu que seu corpo usufruísse do calor e da paixão de se tornar mulher. E fez isso de propósito. Ou achou que eu não perceberia? – Então, acrescentou com desprezo. – Agora, durma com essa decisão, *hein*?

De algum modo Helen conseguiu voltar ao próprio quarto e mudar de roupa.

Já na cama, ela suspirou devastada.

– Poderia ter sido pior... Muito pior.

Mas sabia que estava mentindo.

Como demorara a conciliar o sono, ela acordou tarde na manhã seguinte. Ainda incerta sobre como seria a relação deles, escolheu um biquíni preto discreto e desceu. Apenas para saber por Elise, enquanto tomava o café, que Marc saíra e recomendara que ela aproveitasse a manhã como melhor lhe aprouvesse, pois ele só estaria de volta na hora do almoço.

Sem outra opção que não seguir a sugestão dele e achando que um tempo ao sol à beira da piscina poderia lhe fazer bem, ela pegou um livro, óculos de sol e protetor solar e se instalou em uma espreguiçadeira. Quase dormiu.

Quando abriu os olhos, viu Marc parado à beira d'água. Vestia apenas um calção de banho preto, que ornava bem a pele morena.

Por um instante, foi tomada por uma onda de desejo tão profunda que pareceu lhe penetrar os ossos.

Ele a encarava, muito sério, os olhos escondidos pelos óculos escuros.

– Como está?

– Bem – ela respondeu, sentando-se na espreguiçadeira, em uma posição menos exposta.

– Desculpe a invasão, mas Elise insistiu que eu deveria tomar um banho de piscina antes do almoço. Estou apenas obedecendo às ordens dela. – Ele fez uma pausa. – A menos, é claro, que você queira me acompanhar em um mergulho.

– Talvez outra hora – desconversou ela.

– Por que fingir? – perguntou Marc, zombeteiro. – Por que simplesmente não diz que não quer?

Ela se virou para ele.

– É um pouco tarde para tréguas, não acha? – disse em tom de censura.

– Talvez devamos conversar sobre isso. – Marc caminhou até ela e se sentou na beira da espreguiçadeira. Ele tirou os óculos e Helen pôde ver uma expressão sombria.

– Você quer se desculpar... pela noite passada? – perguntou ela.

– Me desculpar? – ele ergueu as sobrancelhas. – Não. Mas acho que é melhor assumirmos que nenhum de nós dois foi muito agradável, ou inteligente ontem. Por isso acho que devemos apenas esquecer o episódio.

– E como vamos conseguir isso?

– Concordando que, a partir de agora, devemos nos preocupar com o presente... E com nosso futuro.

Ela torcia as mãos no colo.

– E que futuro é esse?

Ele suspirou, a boca tensa.

– Você é minha mulher, Hélène. Como poderemos viver como estranhos?

Ela ergueu o queixo.

– Mas é isso o que somos... E o que aconteceu na noite passada provou isso.

– O que houve na noite passada não provou nada – Marc devolveu, impaciente. – Exceto por você ter resolvido de repente que não me desejava mais.

– Não o desejava mais? – ela ecoou. – E desde quando cheguei a desejar.

Marc ergueu as sobrancelhas com ironia.

– Eu deveria ter contado. – E acrescentou depois de uma pausa: – Me arrependo por não ter te seduzido quando tive a oportunidade, *ma belle*, em vez de esperar para oferecer a segurança do casamento. – Marc ficou pensativo por um instante e, quando voltou a falar, a voz era profunda. – Não podemos começar de novo? Você é minha mulher, Hélène... Gostaria tanto de mostrar como as coisas entre nós poderiam ser. Se apenas...

Ele pegou a mão dela, mas Helen puxou de volta de imediato.

– Ah, *Dieu*. Não lute mais, *chérie*. Deixe-me fazer amor com você esta noite do modo que tenho vontade. Quero fazê-la feliz – acrescentou, com carinho.

– Está preocupado com seu prazer – ela respondeu, amarga. – No que me diz respeito, é indiferente. Se você está perto ou longe, não faz diferença.

Os olhos dele escureceram e a boca endureceu. Então Marc se levantou e o corpo poderoso pairou por um instante sobre ela. E aquela atitude a forçou a se lembrar daquele instante de desejo.

Permaneceu rígida, encarando-o muito assustada, mas ele apenas riu com desdém.

– Fique tranquila. Não vou pedir outra vez.

Então deu meia-volta e mergulhou na piscina.

NOS DIAS que se seguiram, a relação entre eles assumiu o que Helen havia imaginado ser o padrão da vida a dois dali em diante. Quando estavam a sós, se evitavam ao máximo e, de vez em quando, saíam juntos para circular pela cidade, pois Marc insistia que era importante serem vistos juntos pelos *paparazzi*, afinal eram os "recém-casados felizes", como ele descreveu com muita ironia.

Em uma das muitas noites em que Helen alegou dor de cabeça para não sair com ele, ela ficou folheando algumas revistas quando o nome "Angeline Vallon" pareceu saltar diante dos olhos.

Helen examinou a foto que acompanhava a matéria e o coração pareceu afundar no peito. A mulher na revista era alta e bela, com uma cascata de cabelo ruivo pelas costas. Estava parada ao lado de um homem muito mais baixo, descrito como "Hercule, seu marido e famoso industrial".

Ao conhecê-la, Helen percebeu que estava certa em não provocar qualquer confronto, pois não havia como competir com aquela mulher.

CAPÍTULO 10

Quando finalmente chegou a véspera da partida deles, a tensão de Helen já havia atingido um nível tal que a deixou realmente com dor de cabeça.

Ela já arrumara as malas e esperava por Marc, que terminava de dar um telefonema à mesa do jantar.

Depois de dez minutos ele ressurgiu, sério como sempre.

– Sinto por tê-la feito esperar – disse e, mais uma vez, passaram a refeição em silêncio.

Por fim, quando terminavam o café, Marc cortou o silêncio.

– Vamos sair para o aeroporto às dez horas de amanhã, certo?

– O horário do voo foi mudado? – Helen perguntou, pousando a xícara na mesa.

– Não vamos pegar o avião para Londres. Vamos passar alguns dias em Paris.

– Paris? Mas onde vamos ficar?

– Eu já disse que tenho um apartamento na cidade, lembra-se?

– Sim, e uma suíte em um hotel de Londres.

Ele deu um sorriso torto, sem humor.

– O *appartement* é maior do que uma suíte de hotel... E tem mais de um quarto – acrescentou Marc, sem sutileza.

Helen sentiu o rosto queimar e ficou aborrecida por ele ter conseguido ler os pensamentos dela.

– Ainda assim – retrucou, seca –, eu gostaria de ir direto para casa.

Ele a olhou, pensativo.

– Você é minha mulher, Hélène – disse com calma. – Espera-se que seu lar seja onde eu estiver.

– Não temos esse tipo de casamento. – Helen evitou o olhar do marido. – E preciso voltar para Monteagle. Quero ver o progresso das obras. Além disso, o que eu faria em Paris, além de atrapalhar sua rotina? – completou inadvertidamente.

Marc ergueu as sobrancelhas.

– Atrapalhar minha rotina? – perguntou ele, como se não tivesse entendido. – Por que atrapalharia?

Helen mordeu o lábio.

– Bem... Você tem coisas para fazer... Pessoas para ver – ela tentou explicar, nervosa, porém já arrependida por ter feito a provocação. – E eu serei um obstáculo... Além disso, acho que nós dois precisamos de espaço para respirar, de um pouco de distância.

– Você acha? – O tom dele era de zombaria. – Não percebeu que mal nos vimos nessa nossa semana de "lua de mel"? Mas isso não importa, não é verdade? Monteagle chama e você corre para atender. – Ele fez uma pausa.

– Muito bem, eu vou a Paris sozinho. Chamarei um carro para pegá-la no aeroporto, na Inglaterra.

Marc acabou de tomar o café e se levantou.

– E agora, com licença, porque pretendo tentar a sorte mais uma vez no cassino esta noite.

– Foi lá que você passou todas as noites? – Helen perguntou num impulso. – Não sabia que gostava tanto de jogar.

– Nem eu, *ma belle* – respondeu com tranquilidade. – Até conhecer você. Então descobri que o girar de uma roleta ou a virada de uma carta podem ser infinitamente mais gentis. Acredite. – Ele beijou as pontas dos dedos dela. – *Au revoir*.

LOGO DEPOIS que Marc saiu, Helen foi para a cama levando um livro. Sentia-se mais relaxada do que em todas as noites anteriores, talvez pela perspectiva da volta iminente para casa. Não demorou a adormecer, mas acabou acordando de sobressalto, com calor, sentindo a umidade que prenunciava uma tempestade. Afastou as cobertas, se levantou e foi até a varanda em busca de um pouco de ar fresco.

Entretanto, o ar estava pesado e, de repente, antes que tivesse tempo de correr, a chuva veio com força encharcando-a. Ela voltou o mais rápido que pôde para dentro do quarto, arrancou a camisola molhada e voltou a deitar na cama, coberta apenas por um lençol leve.

Havia deixado a porta da varanda aberta na esperança de que o tamborilar da chuva a embalasse de volta ao sono. Precisava se condicionar a não ficar acordada esperando por Marc porque com certeza haveria muitas noites nas quais ele sairia sem ela. A começar pela noite seguinte, em Paris.

Ainda sem sono, virou-se de lado e ficou olhando para as portas da varanda. De repente sentiu o corpo todo enrijecer de medo ao ver uma sombra caminhar e se mover em silêncio na direção dela. Quis gritar, mas a garganta travou.

Então a lâmpada do abajur ao lado foi acesa e Helen percebeu que era Marc, com o cabelo pingando e o paletó do smoking completamente molhado.

– O que está fazendo aqui?

– Vim para lhe dizer que ganhei esta noite. – Ele enfiou a mão no bolso e tirou um maço grosso de notas de valor alto. – Me dei bem em todas as mesas em que sentei.

– Fico feliz por você – disse, nervosa. – Mas é melhor me contar suas novidades pela manhã.

Marc agora sorria. Tirara o paletó e vários botões da camisa estavam abertos.

– Mas já é de manhã, *m'amie*. E, além disso, há mais uma coisa que quero compartilhar.

– Seja o que for, não pode esperar? – Ela tentava disfarçadamente subir o lençol até o queixo. – Estou... estou muito cansada.

– E eu já esperei demais. Na nossa noite de núpcias você me acusou de comprá-la para ter sexo. Se isso for verdade, Hélène, fiz um péssimo negócio. E enquanto voltava para cá me ocorreu que talvez eu ainda não a tenha remunerado adequadamente pelo privilégio de aproveitar um corpo tão encantador. Assim...

Ele jogou algumas notas sobre a cama.

– Quanto vai me custar, *mon coeur*? Um sorriso... um beijo, talvez? Ou mesmo... isso.

Ele pegou a ponta do lençol e puxou de cima dela, expondo o corpo nu.

– Ai, meu Deus – Helen gemeu com susto e horror. E se encolheu na cama, tentando se cobrir com as mãos trêmulas. – Você disse... – Ela acusou, ofegante. – Disse que não pediria de novo.

– Mas não estou pedindo. Dessa vez estou pegando o que é meu.

– Mas por quê? – ela tentou controlar um soluço de desespero. – Não poderia ter escolhido outra mulher no cassino... com todo esse dinheiro?

– Dezenas – Marc falou, parecendo satisfeito. – E todas elas mais receptivas e ansiosas para me agradar do que você, *ma chére*. Mas decidi que prefiro um pouco de prazer... doméstico. – Ele se calou por um segundo. – E você sempre pode fechar os olhos e fingir que eu sou outra pessoa.

Então, calmamente, ele a pegou pelos pulsos e posicionou os braços acima da cabeça, prendendo-os com uma das mãos enquanto a outra virava pelo corpo dela de modo que ficasse esticado sob o dele, exposto ao desejo insolente que lhe dilatava as pupilas.

– Marc – ela sussurrou, quase implorando, sem saber exatamente o que queria evitar. – Por favor... Não faça isso.

Ele observava o rosto dela com atenção e desejo, como se lesse o outro pedido que Helen não tinha coragem de verbalizar, enquanto enfiava as próprias pernas entre os joelhos dela.

– Você é preciosa, Hélène. E seu corpo foi feito para isso. – Inclinando a cabeça, começou a beijá-la, os lábios ainda frios de chuva.

A língua de Marc era como uma labareda contra a dela, e a provocava de forma lenta e sensual, exigindo que os lábios se abrissem e revelassem os segredos mais íntimos. Ao mesmo tempo, a mão dele acariciava os seios cheios, tocando cada curva macia, provocando uma resposta excitada dos mamilos, que intumesciam sob os dedos experientes.

Helen mal conseguia respirar, quanto mais pensar. Marc ainda lhe segurava os pulsos, mas era tão terno que ela poderia ter se libertado com facilidade. Só que, em vez disso, Helen se pegou suspirando ao encontro do beijo, o corpo ficando cada vez mais fraco diante da insistente sensualidade da boca e dos dedos do marido.

Quando ele terminar, vou morrer de vergonha por causa da minha fraqueza, pensou confusa. Mas agora...

A boca de Marc desceu pelo pescoço de Helen, fazendo a pulsação acelerar. Ele explorou as macias reentrâncias e continuou a trilha de beijos até os seios, os lábios sugando cada mamilo rígido, provocando sensações que ela nunca sonhara sentir.

Quando, por fim, ele levantou a cabeça, ela o encarou, surpresa, os lábios entreabertos.

Marc voltou a beijá-la, então, soltou os pulsos finos e a virou de lado, de modo que a boca máscula lhe alcançasse a nuca. A carícia fez o corpo de Helen estremecer inteiro.

Os lábios e a língua de Marc continuaram a passear pelos ombros, e mais abaixo, ao longo da linha da coluna, como se ele estivesse contando cada osso delicado com um beijo. Enquanto isso, os dedos hábeis desciam pela barriga benfeita e acariciavam o quadril.

Quando os lábios dele chegaram ao cóccix, Helen deu um gemido abafado e o corpo arqueou involuntariamente, expondo a entrega. Marc a puxou de modo que as costas dela ficassem coladas ao corpo dele e passou um braço por sob os seios. Ao mesmo tempo, com a outra mão, acariciava o monte macio, onde ela abrigava o ponto mais íntimo.

– Não... Por favor. – A voz de Helen se transformou em um ofego ao sentir os dedos dele indo mais além, penetrando-a e encontrando-a úmida, quente e pronta.

Marc beijou o pescoço dela e sorriu contra a pele da esposa.

– Não?

A mão dele se moveu com muito cuidado e ela gritou, o corpo se contorcendo contra o braço que a prendia.

De repente, sem que ela esperasse, Marc a virou de costas na cama e ela viu o brilho ardente nos olhos dele. Mas não tinha ideia do que ele pretendia até sentir as mãos lhe erguendo os quadris, enquanto a boca continuava a tomar posse do corpo, a língua poderosa deslizando, buscando e encontrando o botão escondido e estimulando-o até deixá-la em completa agonia.

Helen sentiu-se retesar pelo choque ao perceber o que ele fazia. Depois veio o prazer terrível e repleto de culpa. Ela tentou negar mais uma vez. Tentou encontrar forças para, de algum modo, afastá-lo e deter aquele prazer constrangedor e delicioso. Caso continuasse, ele destruiria todas as barreiras de proteção que ela construíra com tanto esmero.

Mas o único som que saiu da garganta de Helen foi um arquejo. Já não conseguia pensar em nada além das sensações que Marc estava provocando, na alquimia das carícias experientes, na sedução além da sanidade que acabaria para sempre com qualquer resquício de inocência nela.

O êxtase começou devagar, primeiro leve como uma brisa sobre a água parada, até alcançar a urgência de uma onda enorme que a arrastou, fazendo com que perdesse todo o controle e levando-a a alturas que jamais imaginara existir.

Então a onda se quebrou e ela sentiu-se desintegrar também, desamparada, perdida nos espasmos do clímax intenso.

Helen continuou deitada, confusa e trêmula, incapaz de falar ou de se mover, ou mesmo de processar o que acabara de acontecer. Não estava certa nem mesmo de quem era, ou de onde estava.

Uma estranha euforia se apoderou do corpo. Ossos, músculos e células pareciam estar num relaxamento completo, como se ela estivesse flutuando em sonho.

Estava vagamente consciente de que Marc se afastara dela, e se pegou esticando o braço, procurando por ele cegamente na cama vazia.

– Calma, *mon amour*. Estou aqui. – A voz dele era quase um sussurro. Ele a puxou de encontro a si e ela notou que ele se levantara apenas para despir-se. E ofegou quando sentiu o calor e a rigidez da ereção daquele homem completamente nu.

Helen arqueou o corpo num instinto, se excitando mais uma vez sob o toque, envolvendo o pescoço dele com os braços e sentindo os mamilos rígidos roçarem contra os pelos do peito dele. Marc gemeu baixinho e as mãos grandes a seguraram com gentileza, enquanto ele a posicionava sob o corpo e a penetrava intensamente.

Ela se entregou a ele. Ainda lânguida, ergueu as pernas e envolveu os quadris, acompanhando o ritmo, provocando-o a ir cada vez mais fundo.

– Avise se machucar. – A voz dele era um sussurro rouco.

– Eu quero você – ela respondeu baixinho. – Eu quero... Tudo...

Helen não imaginara que depois da primeira explosão de êxtase teria forças para mais. Mas estava errada.

Marc a possuía com tamanha habilidade e autocontrole que a obrigava a reagir com um ardor inédito. E quando ele sentiu o corpo de Helen ressuscitar, aumentou o ritmo, a força, e ela sentiu que, desta vez, foi levada junto com ele em uma espiral de prazer tão doce e tão intensa que ficou assustada.

O prazer foi tão profundo que se tornou quase dor, e Helen gritou, pressionando a boca contra o ombro de Marc enquanto o corpo se convulsionava aos limites do paraíso. Alguns segundos depois chegou a vez dele, que gritou o nome dela com selvageria no auge.

Depois de tudo acabado, continuaram deitados, membros misturados, a cabeça dela apoiada no peito dele, ambos esperando a respiração desacelerar.

Mas, para Helen, a descida à Terra foi rápida e desagradável porque agora ela sabia que não poderia mais fingir. E sabia que, ao se render a ele, sacrificara o autorrespeito.

Marc lhe proporcionara uma noite da qual se lembraria para sempre. Mas a verdade é que aquilo fora apenas "um pouco de prazer doméstico", como ele dissera, e logo estaria acariciando os seios de outra mulher.

O que ele queria era educá-la para que atendesse aos anseios de homem quando ele estivesse em Monteagle. Ela tentou ignorar a dor que tal pensamento causou.

Teria de aprender a conviver com aquilo, a não pensar. Sem cenas, sem acusações.

Se eu conseguir me fingir de cega e ele for razoavelmente discreto, então talvez consigamos fazer esse casamento de fachada funcionar.

A respiração de Marc ficou ritmada e constante, então percebeu que ele adormecera. Só restava a ela tentar fazer o mesmo.

Helen foi acordada pela luz do sol, pelo canto dos pássaros... e pelo beijo de Marc. Ruborizando, lembrou-se do que ocorrera horas antes, quando ele também a acordara com um beijo e voltara a fazer amor com tanta ternura que ela chegou a chorar nos braços fortes.

– *Bonjour*. – Ele se apoiou em um cotovelo e sorriu para ela. – Você é linda quando acorda.

Ela sentiu o rosto ficar ainda mais vermelho.

– Bom dia.

– Eu adoraria que pudéssemos ficar aqui para sempre, mas precisamos pegar o avião – ele lembrou. E acrescentou, enquanto acariciava o rosto dela. – No entanto, esta noite...

– São dois aviões – Helen corrigiu. – Nós... Nós estamos em voos diferentes. – Ela suspirou a fim de aliviar a tensão. – E, caso eu não esteja enganada, o seu é o primeiro.

– Voos diferentes? Do que está falando? Nós vamos juntos a Paris, é óbvio.

– Não. Vou voltar para Monteagle, conforme combinamos.

Marc sentou-se abruptamente na cama, deixando cair o lençol e expondo a nudez magnífica. Oh, Deus, ela não queria se lembrar, não podia...

– Mas isso foi ontem. Antes...

– Antes de fazermos sexo, você quer dizer? Você acha que faria diferença? – Ela manteve a voz baixa. – Não vejo motivos.

– Eu imaginei que talvez você quisesse ir comigo. Agora que finalmente nos acertamos.

Não em Paris, ela quis gritar. Nunca em Paris, no famoso apartamento onde ele fazia amor com a amante.

– Mas estarei com você – disse Helen, mantendo o controle. – Quero dizer, sempre que quiser voltar a Monteagle.

– O que pode demorar um tempo – alertou Marc. – Isso não a deixa preocupada?

– Você é livre para ir e vir. Não cabe a mim interferir em sua vida... Ou em suas decisões.

– Por que está me rejeitando? – ele perguntou com uma voz mais dura. – Há outra pessoa envolvida em nossa relação?

– Parece que você já sabe a resposta. – Helen sentiu um sobressalto. Não imaginara que ele iria querer discutir sobre Angeline Vallon ou qualquer outra amante. Por que Marc Delaroche não podia se comportar ao menos uma vez de acordo com as regras?

– *Ah, mon Dieu.* – Foi quase um grunhido. – Hélène, você está sendo boba. Apesar de tudo, podemos fazer nosso casamento funcionar. Essa... Essa outra coisa não vai durar muito tempo mais. – A voz dele ficou mais profunda. – Você não pode fazer isso com você mesma nem com a gente!

– Mas não posso fingir que isso não existe – Helen disse, arrasada. – Isso não fazia parte do nosso acordo. Mas Monteagle é sua também, e quando estiver lá quero que tenhamos... uma relação.

– Como a da noite passada? – As palavras foram uma bofetada.

– Sim – disse. – Exatamente assim.

Marc murmurou alguma coisa inaudível, então se levantou e pegou a calça.

– Ótimo, parabéns por sua performance, *madame*. – A voz foi corrosiva. – Você aprende rápido e não posso deixar de elogiar seus esforços.

Ele pegou um maço de notas no bolso da calça e jogou para cima, observando enquanto o dinheiro se espalhava pela cama, ao redor de Helen.

– Considere-se paga, *ma femme* – acrescentou. – Até a próxima... Seja lá quando e onde for.

E ele a abandonou, muito pálida e chocada, e saiu batendo a porta.

CAPÍTULO 11

– Ah, Helen! – O rosto de Lottie estava iluminado. – Você vai mesmo deixar que eu faça a recepção do meu casamento no Grande Salão? Isso é maravilhoso!

Helen retribuiu o abraço da amiga.

– Bem você não pode receber todos em sua casa, e o Salão está fantástico agora que as obras acabaram. Precisa mesmo ser usado para alguma ocasião especial.

– Marc não vai se importar?

– Ele aparece tão pouco por aqui que não vai nem perceber... Mas pedirei a Alan, que o vê mais do que eu, que avise sobre o casamento. Sei que ele vai querer comparecer.

Houve um momento de silêncio, até que Lottie não aguentou mais.

– Helen, está tudo errado. Não posso ficar aqui falando da minha felicidade com Simon enquanto você está tão mal. E não negue – ela avisou, quando Helen fez menção de protestar. – Até um cego veria.

– Eu consegui o que queria. E Marc também. – Ela tentou sorrir. – Ele parece satisfeito... E você tem que admitir que a casa ficou fantástica.

– Não admito nada – Lottie retrucou, pegando a bolsa para ir embora. – Na verdade, há momentos em que gostaria que você tivesse vendido a propriedade para Trevor Newson.

Um segundo mais tarde, Helen acenava para a amiga, pensando que muitas vezes também teve o mesmo desejo. E levou um choque ao perceber o que acabara de admitir.

Ainda abalada, subiu as escadas até o quarto principal. O cômodo recuperara toda a grandiosidade. Estava lindo... e vazio.

Assim como agora lhe parecia vazia sua obsessão por Monteagle. Desde que voltara da França, há seis semanas, o sonho parecia ter acabado.

Marc fora embora sem se despedir, e ela tentara se convencer de que a sensação de solidão que a rasgava desapareceria assim que entrasse na casa tão amada. Mas isso não aconteceu.

E quando entrava no quarto principal, essa solidão parecia ficar ainda mais insuportável.

Por isso ela avisara a Daisy que, por enquanto, continuaria dormindo no antigo quarto. Ao ver o rosto pálido de Helen, a governanta teve a delicadeza de não discutir.

A todos que perguntavam por Marc, ela falava sobre o envolvimento em algum negócio importante, que exigia muitas reuniões. Mas por mais que tentasse parecer casual, a desculpa se tornava cada vez mais insustentável conforme o tempo passava e o marido não dava sinal de vida.

Ela tentou se manter ocupada e, como quase não havia trabalho a ser feito na casa, passou a ajudar em obras de caridade e no hospital local algumas vezes por semana.

Estava em um desses compromissos quando Marc ligou para avisar que chegaria no dia seguinte. E Alan logo informou que seria apenas uma visita breve, para checar o andamento das obras, e que Marc partiria logo depois do almoço.

Helen mal conseguiu balbuciar um agradecimento ao arquiteto pelo recado, e correu até o quarto, onde se jogou na cama e chorou desconsolada.

No dia seguinte, ela cumpriu a ida a um leilão que havia agendado. Não estava muito interessada, mas achou importante manter a dignidade diante de Marc.

Quando voltou para casa, o almoço acabara de ser servido, e ela respondeu ao cumprimento frio do marido com igual reserva. Fingiu comer com apetite enquanto Marc e Alan conversavam em francês.

Quando a refeição terminou, ele se dirigiu a ela para saber se estava satisfeita com os novos empregados e com o resultado das obras. Helen confirmou, Marc deu um breve sorriso formal e se foi, deixando apenas um último "*Au revoir*".

As duas visitas seguintes seguiram o mesmo padrão. Pelo jeito, a bela Angeline estava suprindo todas as necessidades dele, pensou Helen em uma manhã qualquer, sentada no quarto principal enquanto observava o retrato da amante do rei. Sentia como se estivesse sangrando por dentro.

E, apesar de tudo, sabia que se Marc apenas acenasse, ela iria correndo. O corpo doía de desejo a cada vez que o via, recordando o toque experiente das mãos e lábios. Mas aparentemente, ao menos para ele, aquilo fora somente uma distração sem importância.

E agora Marc fazia questão de deixar claro que não havia espaço para ela nem à margem da vida dele.

E o mais irônico é que, naquele momento, a Monteagle, que tanto amava e pela qual tanto se empenhara, parecia uma jaula de onde ansiava escapar.

Mas, se "escapasse", para onde iria?

Para a Bolívia, pensou, ou para o Uzbequistão... Ou para qualquer um dos lugares para onde Marc viajava a negócios. Sempre ansiara em segredo viajar pelo mundo, mas desistira de tudo em favor de Monteagle.

Agora sabia que, se pudesse voltar no tempo, teria ido atrás de Marc naquela manhã, na Riviera Francesa, e pedido a ele que a levasse, não importa para onde estivesse indo. Metade de uma vida ao lado dele teria sido melhor do que não ter vida alguma.

Uma mosca apareceu de algum lugar e Helen se levantou e foi até à janela, abrindo-a para que o inseto saísse. Então se deteve, sem acreditar no que via. Havia uma mulher diante da casa, com o longo cabelo vermelho reluzindo ao sol.

Não, Helen pensou, sentindo a raiva ferver nas veias. *Não!*

Marc permitira isso?, ela se perguntou. Como aquela mulher ousava invadir o território? Como é que Marc tem coragem de deixar ela me insultar assim?

Helen fechou a janela com força e saiu do quarto correndo, quase voando escadas abaixo. Quando chegou ao gramado, a mulher já caminhava depressa em direção ao portão lateral.

Mas ela não vai embora desse jeito, Helen disse a si. Vai ficar e ouvir o que eu tenho a dizer.

– Espere! – gritou. – *Attendez, madame*!

A outra mulher parou e se virou, parecendo surpresa. Então esperou, meio sem jeito, até que Helen a alcançou.

Ao chegar mais perto, Helen percebeu que, à exceção da cor do cabelo, a mulher não parecia com a que vira na foto da revista. E de repente ficou constrangida e desconfiada.

– Desculpe. A casa não está mais aberta à visitação pública, não é? Estou invadindo.

– Parece que sim. – Helen lutava para se acalmar. – Deseja alguma coisa em particular?

– Não... – A mulher deu de ombros. – Apenas uma última olhada, na verdade. Estive aqui algumas vezes antes de começar a restauração e estava curiosa para ver se estava muito diferente.

Helen a encarou.

– Você gosta mesmo daqui!

– Sinto como se conhecesse este lugar desde sempre. Minha bisavó e minha avó trabalharam aqui, sabe? E elas amavam tudo isso aqui. Cresci ouvindo histórias sobre

Monteagle... E acabei me sentindo parte daqui. Bobagem, eu sei, mas todos temos sonhos.

A outra fez uma pausa.

– Você é Helen Frayne, certo?

– Sim. E quem é você?

– Meu nome é Shirley... Shirley Newson. Acho que conhece meu marido, não é?

– Sim... Conheço – Helen respondeu, devagar.

– Ouso dizer que gostaria que não o conhecesse. – O sorriso de Shirley Newson era afetuoso, mas triste. – Trevor é um bom homem, mas quando cisma com alguma coisa pode se tornar inconveniente. Sei que ele arruinou nossas chances de comprarmos este lugar por causa de todas aquelas ideias estúpidas sobre parques temáticos. – Os olhos dela flamejaram. – Como se eu fosse permitir uma coisa dessas!

Ela olhou para Helen e mordeu o lábio.

– Agora imagino que vá chamar a segurança e me colocar para fora.

– Na verdade – Helen disse gentilmente – Ia lhe oferecer uma xícara de chá e outra visita guiada, senhora Newson... Se quiser, claro!

– VOCÊ DEU meu recado a Marc sobre o casamento de Lottie? – Helen tentou esconder o desapontamento amargo. – Porque a cerimônia vai começar em menos de uma hora.

– Senhora Delaroche – Alan Graham falou no usual tom de voz controlado. – Não pensou que pode haver...

circunstâncias que possam tornar difícil para Marc deixar Paris nesse momento?

Helen mordeu o lábio.

– Suponho que esteja se referindo a Angeline Vallon – ela desafiou, magoada e zangada demais para continuar sendo discreta.

Alan a encarou claramente perplexo.

– Sabe sobre isso? – perguntou, incrédulo.

– Sim – confirmou, seca. – Afinal, não chega a ser um segredo.

– E ainda assim continua com sua vida como se isso não tivesse importância? – O homem nunca fora muito amigável, mas naquele momento parecia hostil.

Helen levantou o queixo, irritada.

– Marc é responsável pelas escolhas que faz – disse. – Elas não têm nada a ver comigo. Meu mundo é aqui.

– Parece mesmo que a senhora não dá a menor importância a mais nada. Tive a esperança de que, apesar das aparências, na verdade se importasse.

Ela deveria se importar? O homem estava louco.

– Estou certo de que Marc virá a esse casamento. Não importa o quanto possa lhe custar. E virá somente porque a senhora pediu a ele que viesse. Com licença.

E antes que Helen pudesse reagir, ele a olhou com desdém e saiu da biblioteca.

Ela sabia que não poderia tolerar tamanha insolência, mas não tinha tempo para pensar naquilo agora. Precisava comparecer a um casamento e, mesmo que tivesse de ir sozinha, queria estar linda.

Depois de muito escolher, resolveu usar o mesmo vestido que usara no próprio casamento. Afinal, Marc gostara tanto dele...

E, no dia seguinte, lidaria com Alan Graham.

A CERIMÔNIA já havia começado quando ela ouviu sussurros ao redor. Em seguida, Marc sentou-se no banco da igreja, ao lado dela, que se virou para encará-lo, sentindo tamanho prazer que mal pudera esconder o desejo.

– Não achei que você viesse – sussurrou.

– Recebi um convite – ele sussurrou de volta, muito frio e sério.

Constrangida, Helen voltou a atenção à cerimônia e não conseguiu evitar a emoção no momento da troca de votos e da bênção. Se ao menos fosse livre para se virar para o marido e sussurrar o voto mais antigo de todos, *eu te amo*...

Porque agora sabia que essa era a verdade, por mais terrível que fosse, por mais que tivesse lutado contra ela desde que o conhecera. O maior medo não era a união sexual, mas o comprometimento emocional e espiritual que tentara negar ao máximo. A certeza de que aquele homem, aquele estranho, era a alma gêmea.

Todo o restante fora um pretexto: o acordo de negócios, até mesmo Monteagle.

Mas só eu sinto isso, pensou, o coração dilacerado. Marc não. Para ele, isso tudo nunca foi mais do que um negócio, e agora que conseguiu o que queria, está pronto para seguir adiante.

Ela o olhou de soslaio, implorando silenciosamente para que ele a encarasse de volta e lhe segurasse a mão. Mas Marc permaneceu imóvel, o perfil duro como o granito, a expressão distante.

E Helen sabia que deixara escapar o momento no qual podia ter conquistado o coração dele. Agora, tudo o que lhe restava era a eterna solidão...

CAPÍTULO 12

Falta pouco agora, Helen pensou, cansada. O noivo e a noiva já haviam partido para a lua de mel e a festa estava prestes a terminar. O que era ótimo, pois já não estava mais aguentando.

Não se sentira bem o dia inteiro, estava muito cansada e com um leve enjoo. Aliás, já vinha apresentando sintomas assim há algumas semanas. Estresse, deduziu. E aquela terrível incerteza.

A festa fora um sucesso, a casa estava linda e Marc se comportara como um perfeito anfitrião, inclusive dançando com quase todas as mulheres da festa. Menos uma. O marido ficara ao lado dela quando fora socialmente necessário, mas mal trocou qualquer palavra e muito menos a tocou.

E agora, quando a festa enfim terminasse, como seria? Daisy lhe dissera que Marc trouxera uma bolsa de viagem e pedira que fosse colocada no quarto principal. Portanto, ao que tudo indicava, iria passar a noite. Mas Helen não tinha ideia se ele pretendia ficar sozinho ou se esperava pela companhia da esposa na cama enorme.

Se ele a chamasse, Helen sabia que não conseguiria resistir. Ela o desejeva tanto!

Preciso de seus braços a meu redor, pensou com tristeza, não importa em que circunstâncias. Sem fingimentos, sem defesas.

E mais do que tudo, precisava conversar com ele. Pedir que desse uma nova chance ao casamento deles. Estava disposta até mesmo a se expor e confessar o quanto a infidelidade a magoava.

Mas quando ela voltou ao Grande Salão, depois de se despedir dos últimos convidados, o cômodo estava vazio e escuro. Sem sinal de Marc.

Ele nem mesmo esperara para lhe desejar boa noite.

Bem, então terei que ir até ele, disse Helen a si, suspirando.

A porta do quarto principal estava entreaberta e ela bateu de leve antes de entrar.

– *Entrez.* – O tom dele foi brusco e nada acolhedor.

Quando Helen entrou, viu que ele trocara a roupa de festa por um jeans e uma camiseta, e estava guardando as coisas na bolsa.

Ela se deteve, sentindo o coração esmagado.

– Você já vai partir? Não vai ficar esta noite?

– Como pode ver, não – retrucou, muito sério. – Sou esperado em outro lugar.

– Onde desta vez? – Ela tentou falar em tom amigável.

– Preciso voltar a Paris.

– É claro – Helen falou empinando o queixo. – Outro lugar que ocupa muito de seu tempo e de sua atenção... Mas não pode atrasar um pouco sua viagem... por favor?

Volte amanhã, ou quem sabe depois de amanhã. Acho que precisamos passar um tempo juntos e conversar. Não acha?

– Sim. Isso provavelmente será necessário muito em breve. Mas ainda não.

Ele a encarou por um longo momento, os olhos escuros examinavam o corpo esguio no vestido de seda marfim. Mas não fez movimento para se aproximar.

– É imprescindível que eu retorne a Paris esta noite. Aceite as minhas desculpas.

Mas Helen não se deu por vencida. Abraçou o próprio corpo e jogou a última cartada.

– Marc – disse com a voz rouca. – Você... Certa vez me pediu que o acompanhasse a Paris, e eu recusei. Mas agora eu poderia arrumar minhas coisas... Se quiser me convidar de novo. – Ela o encarou com os olhos brilhando por causa das lágrimas contidas e sussurrou – Por favor, não me deixe. Leve-me com você. Deixe que eu fique com você. – E ainda arriscou – Ou podia apenas... esquecer Paris e ficar aqui...

Helen viu um lampejo similar a uma demonstração de dor cruzar os olhos dele.

– Sinto muito. – O tom era duro. – Mas é impossível. Não me peça para explicar.

Mas não era necessário explicar nada, ela pensou, desolada. Angeline Vallon vencera. O casamento estava acabado antes de praticamente ter começado.

– Sinto muito... Se o magoei – falou Helen baixinho e se virou para sair, rezando para conseguir manter a compostura até estar fora da visão dele.

Mas Marc a alcançou antes que chegasse à porta.

– Hélène – A voz dele de repente ficou baixa e tensa. – Ah, *Dieu*. Não queria que fosse assim. Se puder, me perdoe.

E subitamente a boca viril estava sobre a dela, e o beijo tinha gosto de desespero. Os lábios dele saqueavam, esmagavam os dela, como se ele quisesse deixar a marca eterna.

As mãos dele puxaram a nuca de Helen, que colava ao corpo de Marc. Estava trêmula, ofegante, derretida ao encontro da rigidez dele, abrindo as comportas de um desejo há muito contido. Os braços dela envolveram o pescoço dele e os lábios se abriram em uma reação apaixonada.

Fique comigo...

Mas ele se afastou praticamente na mesma velocidade em que a agarrou.

– Não posso fazer isso – falou com a voz rouca. – Tenho que ir. – O olhar dele estava cheio de agonia. – Um dia, talvez, você possa entender.

Helen recostou na madeira maciça da porta, enquanto ouvia os passos dele, que se afastava.

O que havia para entender?, pensou, deprimida. Apenas que se humilhara para tentar reconquistar o marido e fora rejeitada. Agora precisaria aprender a viver com isso. E começou a chorar baixinho.

* * *

Helen saiu do consultório do médico e ficou parada na calçada por um momento, como se não soubesse direito que direção tomar. Estava meio entorpecida.

Como não percebera?

Em princípio atribuíra o mal-estar e o atraso da menstruação à tensão das últimas semanas. Mas naquela manhã, depois de uma nova crise de enjoo, finalmente desconfiara. E o médico apenas confirmara as suspeitas.

Como Marc reagiria ao saber que estava grávida? Ele não quisera ficar quando ela pedira, será que voltaria por causa do bebê?

Helen caminhou devagar na volta para Monteagle. Estava tão perdida nos pensamentos que nem percebeu onde se encontrava, até ouvir uma voz familiar.

– Parece melancólica, querida. Está tentando descobrir onde pode encontrar seu próximo milionário?

Helen ergueu a cabeça e encontrou o olhar maldoso de Nigel. O carro dele estava parado do outro lado da rua, diante da casa vazia dos pais, que tinha uma placa no jardim anunciando a venda. E ele estava ali, diante dela. A última pessoa que desejava ver.

– Vim pegar algumas coisas que mamãe esqueceu na casa – explicou ele –, e resolvi me despedir assim que a vi.

– Adeus – disse ela.

– Também queria lhe dar meus pêsames – Nigel continuou, ainda mais maldoso. – Porque me parece que, mesmo depois de tudo, vai precisar vender aquela sua propriedade tão dispendiosa – acrescentou com falsa simpatia.

– Sinto muito – Helen falou –, mas isso que você disse não faz sentido.

– Não? – ele questionou, fingindo inocência. – Então talvez *monsieur* Delaroche não tenha lhe dado as más notícias. Houve uma revolta dos membros do conselho da empresa dele. Muita coisa estava indo mal, queda nos lucros e essas coisas. Ele está prestes a ficar desempregado. E falido também, afinal, gastou todas as economias em Monteagle. E também não haverá nenhum acordo lucrativo de rescisão. Não se Hercule Vallon puder evitar.

– Não acredito em você – Helen disse, com desprezo.

– Talvez devesse demonstrar mais interesse pelos negócios de seu marido. O conselho vai votar pela saída de Marc nesta semana ainda. E como a empresa é a única fonte de renda dele, você vai precisar de outro patrocinador para manter Monteagle. Porque ele já não vai conseguir mais.

Ele sorriu com insolência diante da expressão chocada de Helen.

– A bela madame Vallon finalmente vai ter sua vingança.

O coração de Helen ficou descompassado e a boca drenou, mas conseguiu retrucar mantendo um tom frio e cheio de orgulho:

– Eu teria me casado com Marc mesmo se ele não tivesse um tostão.

– Você se casou com ele por causa de Monteagle – desdenhou. – Todos sabemos disso. E quando Marc perder tudo o que tem, você realmente acha que vai conseguir manter a propriedade? Eu não acho.

– Nem eu – respondeu Helen, tranquila, agora. – Mas conheço uma mulher que conseguirá.

HELEN SENTIA-SE estranhamente calma enquanto o táxi atravessava as ruas de Paris.

Conseguira o endereço do apartamento e do escritório de Marc com um Alan Graham relutante.

– Essa batalha é de Marc – ele repetiu várias vezes, quando ela o confrontou. – Ele não queria que você soubesse... Que se envolvesse. – E a olhou com amargura. – Afinal, você só se preocupa com esse enorme elefante branco que é Monteagle. Nunca demonstrou o menor interesse pelo trabalho dele... Nem mesmo pela vida dele. Por que começar agora?

– Porque estou envolvida – Helen retrucou. – Sou esposa dele e vou ser a mãe do filho dele. – Ela parou por um instante, aguardando que Alan assimilasse a informação. – E se ele está lutando por nossas vidas, então devo ficar ao lado dele.

– Você entrou na vida de Marc na hora errada, Helen – disse o arquiteto, sem rodeios. – Ele conseguiu todo o sucesso que alcançou por causa de seu instinto. Sempre conseguiu farejar as instabilidades políticas, prever quando algum problema estava prestes a acontecer. Mas depois que conheceu você, perdeu o foco. Mesmo quando as coisas começaram a dar errado, ele achou que as questões da empresa poderiam esperar até que ele se acertasse com você.

Alan deu de ombros.

– Mas, assim como a maioria dos homens de sucesso, Marc tem inimigos. E eles rapidamente se juntaram para tentar derrubá-lo. Se tivesse a oportunidade, ele poderia consertar as coisas. E isso é o que vem tentando fazer nas últimas semanas. Mas as chances estão contra Marc.

– E Angeline Vallon? – Helen quis saber. – Ela não era... amante dele? Ouvi alguns rumores.

– Angeline Vallon é uma vaca egoísta casada com um homem muito rico e muito estúpido que a deixa fazer qualquer coisa que queira. Há uns dois anos, o que ela mais queria era Marc, mas ele não estava interessado. E cometeu o erro de deixar isso bem claro. Então ela começou a caçá-lo. Cartas, presentes, telefonemas. A mulher chegou a alugar um apartamento perto do dele e espalhou para toda Paris, inclusive para as colunas de fofocas, que eles eram amantes.

Ele fez uma pausa.

– No fim, ele teve que tomar medidas legais. Ela estava transformando a vida dele em um pesadelo. Durante algum tempo as coisas realmente se acalmaram. Mas Angeline estava apenas preparando o próximo bote. Foi quando teve a ideia de tirar a empresa dele. Se Marc a rejeitara, ela o puniria da forma que o fizesse sofrer mais.

Agora que começara, Alan estava disposto a ir até o fim.

– Angeline fez o marido acreditar, Deus sabe como, que ela fora assediada. Que Marc a perseguira e a ameaçara com exigências sexuais. E, encorajado por ela, Hercule se reuniu com outros membros do conselho, que pensaram poder dirigir a empresa melhor do que Marc. Tudo de que precisavam era de uma brecha.

Alan sacudiu a cabeça, lamentando.

– E quando Marc viu você, ele abriu essa brecha.

– Por que ele não me contou antes? – perguntou Helen. Estava transtornada.

Alan retorceu os lábios com tristeza.

– Porque Marc achava que você só estava interessada no dinheiro dele... e em salvar esta casa. E que se ele perdesse a empresa, também perderia o pouco que parecia ter construído com você.

A voz dele ficou mais dura.

– Nós somos amigos há anos. E Marc sempre pareceu... invencível. Até conhecê-la. Você o tornou vulnerável. E não parece ligar a mínima para ele.

Alan voltou a menear a cabeça.

– Quando eu o encontrei depois que vocês voltaram da lua de mel, Marc parecia um estranho... infeliz, arredio. Obviamente ele não falaria a respeito, e eu não poderia perguntar nada. Mas foi naquele momento que ele baixou a guarda. Exatamente quando não podia. E agora provavelmente é tarde demais...

– Não – disse Helen, muito certa do que queria. – Não aceito isso. Ai, por que ele não me contou o que estava acontecendo?

Alan ficou em silêncio por um momento.

– Talvez porque ele não queira que você o veja perder tudo..? – Ele hesitou. – Talvez seja melhor esperar até que ele mande buscá-la.

– Mas se ele perder tudo talvez nunca mande me buscar – Helen falou, ainda mais decidida. – E não vou me arriscar. Porque se meu marido tiver que começar tudo de novo, pretendo estar com ele.

Já era fim de tarde quando ela chegou ao escritório da Fabrication Roche e descobriu a entrada principal trancada. Então tocou a campainha e um segurança apareceu.

– Onde estão todos? – perguntou ela, num francês parco.

– Foram todos dispensados, *madame*, depois da reunião de hoje.

Ela sentiu um peso no coração.

– E *monsieur* Delaroche?

– Ele ainda está aqui, *madame* – o homem admitiu. – Na sala do conselho. Mas deu ordens para não ser perturbado.

– Sou esposa dele, madame Delaroche. Por favor, leve-me até ele de uma vez.

– Mas, *madame* – o homem gesticulava, nervoso –, tenho ordens de não permitir a entrada de ninguém.

Helen o encarou com uma expressão de desamparo, fazendo o lábio tremer um pouco.

– Mas viajei da Inglaterra até aqui, *monsieur*. E estou grávida. Essas ordens não se aplicam a mim, não acha?

Ela nunca soube se o que o convenceu foi o anúncio da gravidez ou a ameaça das lágrimas, mas o fato é que no minuto seguinte já estava sendo guiada até o elevador que a levou até a cobertura.

Lá, ao fim de um pequeno corredor, havia um par de portas. Ela as abriu e entrou.

Marc estava parado diante da enorme janela panorâmica, a silhueta desenhada pela luz fraca do crepúsculo. A cabeça inclinada e os braços largados ao lado do corpo evidenciavam um imenso cansaço. E uma solidão de cortar o coração.

Helen apoiou a bolsa no chão.

– Marc – disse baixinho. – Marc, querido.

Ele se virou abruptamente, estreitando os olhos como se não pudesse acreditar no que via.

– Hélène... O que está fazendo aqui?

Ela caminhou até ele.

– Me transformei em uma sem-teto esta manhã – falou. – E esperava que você me oferecesse uma cama por uma noite. Ou talvez por muitas noites. Pelo resto de nossas vidas, na verdade.

A expressão dele ficou tensa.

– Isso é alguma brincadeira?

– Não. Estou falando muito sério.... Eu vendi Monteagle.

– Vendeu? – Ele agarrou os braços dela e a encarou. – Mas isso não é possível. Aquele lugar é seu lar, a razão de sua vida.

– Marc – ela falou com firmeza –, *você* é a razão da minha vida. Nada mais me importa. Portanto, Monteagle agora pertence a Trevor Newson. A propriedade toda, com exceção do retrato de Helen Frayne – acrescentou –, que Alan vai guardar para nós.

Ele a soltou e se afastou, o rosto consternado.

– Você vendeu para Trevor Newson? Para aquele homem? Mas você o detesta... E detesta os planos que ele tem para Monteagle.

– Sim, mas descobri que as coisas não eram tão terríveis quanto eu pensava. Ele vai comprar a casa principalmente porque a mulher é apaixonada pelo lugar... E suspeito que ela não deixará que ele se exceda – acrescentou. – E Daisy e George, com quem me preocupava, já haviam me avisado, muito contentes por sinal, que pretendem se aposentar. De qualquer modo, não estarei lá para ver o que vai acontecer com a propriedade. Estarei com você, se me quiser. E se não me odiar por eu ter vendido o lugar que amava tanto.

– Eu amava Monteagle por sua causa, Hélène. Porque adoro você, *mon amour*, e só quero fazê-la feliz.

– E agora talvez eu possa compensá-lo um pouco por ter perdido a Fabrication Roche. – Ela pegou um envelope no bolso do casaco e entregou ao marido. – Marc, querido, isso é para você. Está em seu nome.

– Como? – Ele franziu o cenho, enquanto abria o envelope. Então, parou e ofegou ao ver a quantia exorbitante do cheque. – *Mon Dieu!* Ele pagou tudo isso?

– Sem reclamar – Helen disse. – E com o empurrãozinho da maravilhosa Shirley, sua esposa. Alan e o gerente do banco haviam me aconselhado sobre quanto eu deveria pedir, e ainda consegui mais um pouco. – Ela parou por um instante. – Mas é o suficiente, não é? – perguntou timidamente. – O bastante para recomeçarmos... juntos? Começar uma vida... Um casamento de verdade? Porque eu amo você e acho que não consigo viver longe.

Marc continuava encarando a esposa em silêncio e Helen sentiu-se subitamente nervosa diante da lembrança da última rejeição que ainda a assombrava.

– Marc... Por favor. Você não tem nada a dizer?

– Acho que estou com medo de falar e descobrir que estou sonhando – disse ele finalmente, com a voz insegura.

Helen foi até ele e passou os braços ao redor da cintura dele, por baixo do paletó, pressionando o corpo ao dele.

– Eu pareço um sonho? – sussurrou, sentindo o corpo dele logo se enrijecer ao contato com o dela. – Porque você me parece incrivelmente real.

– *Mon ange.* – Ele se abaixou, puxando-a para se deitarem no tapete grosso, as mãos de ambos puxando e arrancando as roupas um do outro, desajeitadas de tanto desejo. Helen correspondeu aos beijos com desespero, gemendo ao sentir as mãos lhe desnudando os seios e acariciando-os com reverência. Então arqueou contra o corpo dele, ofegando quando ele a penetrou.

Marc não parava de repetir:

– *Hélène... Jê t'aime... Je t'adore.*

– Sim – ela sussurrou, a voz vacilante de desejo, enquanto acompanhava o ritmo dele, os corpos misturados. – Oh, meu amor... Meu amor.

O desejo de ambos era tão intenso, a necessidade tão premente, que o clímax não demorou. Quando sentiu as pulsações atingirem o auge, Helen gritou e, no mesmo momento, ouviu o gemido de gozo de Marc.

– Ainda bem que trouxe minha bagagem. Você destruiu minha roupa – disse ela, assim que conseguiu recuperar um pouco do fôlego.

– Espero que não queira que eu me desculpe. – Ele a apertou com força, os lábios encostados no cabelo longo. – Talvez deva parar de usar roupas de uma vez por todas.

– Com o inverno chegando? – Helen fingiu que tremia. – Além disso – acrescentou, tentando parecer casual –, o bebê pode se resfriar.

A mão que a acariciava parou de repente.

– Bebê? O que está dizendo?

– Sim, meu amor – ela falou com doçura. – Essa é a outra coisa que vim lhe contar. Parece que você vai ser papai.

– *Ah, Dieu*. – Ele se apoiou em um dos cotovelos e a encarou angustiado. – O que eu fiz?

Helen olhou para o marido, sentindo o coração bater mais forte, com medo.

– Você... Não quer nosso bebê? Admito que o momento não é o ideal, mas...

– Querer? – Marc agarrou as mãos dela e as cobriu de beijos. – *Mon coeur*, eu nem consigo acreditar em tanta felicidade. Mas não deveríamos ter feito amor – ele acrescentou, assustado. – Pode ser perigoso.

– Bem, o bebê vai ter que se acostumar. – Ela sorriu. – Temos que compensar o tempo perdido.

– Então terei que aprender a ser mais delicado. Você precisa ser protegida.

– Protegida. – Helen suspirou ao ouvir a palavra. – A primeira vez que me fez sentir assim foi quando bebi demais e você dormiu comigo no sofá. Acho que foi ali que percebi que estava me apaixonando.

Marc segurou o rosto dela entre as mãos.

– E, ainda assim, fugiu de mim – ele recordou, provocador. Por que não me acordou, Hélène, e me disse como se sentia? – perguntou, beijando-a de forma delicada e sensual.

– Porque Nigel havia me contado que seus casos amorosos não duravam mais do que dois meses, e fiquei com medo – respondeu, com franqueza. – Era medo de amar você, ou de deixá-lo fazer amor comigo, para depois você partir meu coração.

– Mas com você nunca foi apenas um *affair*. Era para a vida toda. Porque você é a mulher por quem esperei durante esse tempo todo, *chérie*. Com as outras foi apenas... – ele deu de ombros. – Sempre fiz questão de deixar claro que não deviam ter expectativas.

– Mas para mim – Helen falou em voz baixa –, você sempre disse que queria a casa. E que eu era apenas parte do negócio.

– Disse isso para me proteger. E para fazer com que parasse de fugir de mim. Entenda, *mon amour*, naquela época eu ainda achava que você gostava de Nigel.

– Nigel! – Helen sentou-se, indignada. – Você não podia ter pensado isso.

– Vi vocês dois juntos no casamento – confessou Marc, fazendo uma careta. – E você parecia bem feliz nos braços dele.

– Acho que fiquei meio paralisada – retrucou ela, sem rodeios. – Nigel estava me dizendo para perguntar a você sobre Angeline Vallon. Ele... Ele insinuou que ela era sua amante.

– E você acreditou nele? – o tom dele era de incredulidade. – Mas por que não me perguntou?

– Porque não sabia qual seria sua resposta – Então respirou fundo. – Preciso confessar que ouvi uma conversa sua com Alan em que falavam dela... Não me orgulho disso. O que Nigel disse pareceu apenas confirmar o que eu já ouvira. – Ela fez uma pausa. – E você, por que não me perguntou sobre Nigel?

– Porque eu havia dito a mim mesmo que, quando estivéssemos casados e juntos na cama, eu a faria esquecê-lo. Que eu a convenceria a se apaixonar por mim. Como fui arrogante... Estúpido. Deveria ter imaginado que, com você, as coisas nunca seriam tão simples...

– Eu lutei contra você para me defender da decepção. Não havia mais ninguém. – Ela ficou em silêncio por um momento. – Aquele dinheiro que jogou em cima de mim... Eu deixei para os pobres na igreja de St. Benoit.

Ele sorriu constrangido e a puxou novamente para si.

– Muito admirável de sua parte, *chérie*.

– Agora, gostaria de não ter feito isso – Helen falou arrependida. – Afinal, vamos precisar de cada centavo que conseguirmos.

Marc riu.

– As coisas não estão tão ruins assim, *ma petite.*

– Marc, não finja para mim. Alan me contou que você estava prestes a perder tudo.

– Não se aflija, Hélène. Não há necessidade, eu juro.

– Tenho motivos para ficar aflita – protestou. – Você acaba de perder a Fabrication Roche, e sei o quanto significava para você. Sei como deve estar sendo difícil...

– *Mon coeur* – Marc interrompeu pacientemente –, eu não perdi. Chegou muito perto disso, mas ganhei. Ainda tenho a empresa.

Ela o encarou, boquiaberta.

– Mas Alan disse...

– Alan é realista. Ele sabia que as chances estavam contra mim. Mas consegui provar que houve suborno e sabotagem, e eles não tiveram outra alternativa senão recuar. Eu deveria ter ficado atento às manobras de vingança de Angeline Vallon, mas o que eu podia fazer, se encontrara a mulher da minha vida...? Precisava conquistá-la.

– E, sem dúvida, sabe ser persistente – disse ela, enquanto aconchegava-se mais ao corpo dele.

Marc a beijou mais uma vez.

– Eu estava completamente apaixonado. Tanto que quase pude entender Hercule, o marido manipulado de Angeline. Aquele dia, no casamento de sua amiga, queria tanto ver você me olhando como ela olhava o marido, mas isso parecia impossível. Também tinha medo de perdê-la caso não pudesse manter Monteagle.

– Mas eu fui até você – disse Helen. – Me ofereci. Você sabe disso.

– No entanto, eu não sabia o que poderia lhe oferecer em retorno. – Marc lhe acariciava o rosto suavemente. – E tinha medo que, caso você tivesse que escolher entre mim e Monteagle, eu perdesse. Então achei melhor lutar sozinho, até saber que tipo de vida poderia lhe proporcionar.

– E, agora você não precisa do dinheiro que eu trouxe. – Havia uma ponta de tristeza na voz dela.

– Ah, mas preciso do amor que me trouxe. – Os braços dele se apertaram mais ao redor dela. – E desse olhar pelo qual tanto ansiei. É um presente muito mais precioso, *mon amour*. – Ele fez uma pausa, correndo a mão sobre a barriga dela. – No entanto, se você quiser, podemos usar o dinheiro para tentar comprar Monteagle de volta.

Ela negou movendo a cabeça.

– Não, Monteagle agora é passado. Eu prefiro investir em nosso futuro. Encontrar uma casa nova para nós e para nosso filho. – Helen hesitou. – Marc... Quando eu entrei aqui você não parecia um homem que acabara de alcançar uma vitória. Parecia... triste.

– Eu estava pensando em você. E em todos os erros que cometi. Estava me preparando para procurá-la e pedir que me perdoasse. Queria tentar persuadi-la, mais uma vez, a aceitar meu amor. Quando você entrou e sorriu para mim, percebi que, por mais que eu não merecesse, tinha sido agraciado com um milagre.

Ele se inclinou e beijou a boca de Helen com gentileza e reverência.

– E agora – continuou. – Vou vesti-la e alimentá-la, minha esposa. Mas a única cama que posso lhe oferecer está em meu apartamento – acrescentou melancólico. – E você nunca quis ir lá...

– Achei que tinha razões para isso. Mas estava errada... sobre tantas coisas. – Ela deixou que ele a ajudasse a ficar de pé, passou os braços ao redor do pescoço forte e o encarou com os olhos brilhantes, cheios de alegria e confiança. – Por favor, Marc... Me leve para nossa casa.

HARLEQUIN

Paixão

AUDÁCIA

PRÓXIMO LANÇAMENTO

DESEJO PROFUNDO

Maisey Yates

– Eu era de fato seu pecadinho secreto, certo? E se as pessoas descobrissem sua relação comigo? Como teria sido *humilhante*. – Ela começou a rir e não conseguiu parar. Não havia nada de divertido naquela situação, mas para não se enroscar como um novelo de lã e cair em prantos, a opção era gargalhar. – Bem, agora todos saberão. Que ironia, não?

– Farei o possível para que seja o menos doloroso para nós dois.

– Você é um santo – disparou ela. – Mas se está pensando que vossa santidade tocará no meu corpo, está muito enganado.

– Não entendo por quê. Sentimos atração um pelo outro.

– Confiei em você – disse ela em tom baixo, repleto de tensão.

– E veja o que me aconteceu. Não conheci meu pai – prosseguiu.

– E estava determinada a não seguir o caminho da minha mãe. Queria tomar decisões mais acertadas. Em vez disso, eu o conheci. E você se encarregou de me fazer agir da mesma forma que ela. Não confio mais em você – afirmou agora com a voz trêmula. – Acho que nunca mais voltarei a confiar. Eu me casarei com você, porque não me resta outra opção. Quero este filho e não desejo acabar meus dias como garçonete. Não quero que esta criança sinta fome e frio. Por estas razões, eu me casarei com você, mas não serei sua mulher.

O semblante de Raphael se fechou.

– Espera que eu permaneça celibatário para o resto da vida?

– Não me importo com o que você fizer, desde que não seja comigo.

– Veremos – retrucou ele, em um tom que rivalizava com as geleiras do Ártico.

– Minha decisão está tomada e, a não ser que você seja canalha a ponto de tomar uma mulher à força, nunca mais me terá.

– Nunca tomei nenhuma mulher à força – sibilou ele entre dentes. – Muito menos você. Com "veremos" eu quis dizer que não confio em seu autocontrole, *cara*. Seria capaz de fazê-la suplicar por mim com um simples movimento da minha mão entre suas belas coxas.

Bailey ignorou o poço de desejo que se abriu dentro dela, tornando-a ciente do quanto se encontrava vazia e solitária. Do quanto o queria.

– Nunca – repetiu ela, empinando o queixo.

Sem dizer uma palavra, Raphael fechou a distância que os separava. Os olhos negros queimando nos dela. As mãos fortes se fechando em seus braços como duas tenazes. Não se parecia em nada com o homem que a visitava em Vail.

Aquele era o príncipe. Autoritário, implacável e estonteante.

Talvez aquela fosse a prova do quanto ela era fraca, mas Bailey se descobriu fitando os olhos negros, o desejo a invadindo com a fúria de uma enxurrada, trazendo à vida todas as células do seu corpo.

Não importava que algumas horas atrás tivesse sentido como se fosse morrer. Não importava os trajes surrados que usava, o cabelo desgrenhado ou a falta de maquiagem. Nada tinha importância, além daquele momento, da forma como Raphael a segurava.

Antes que ela pudesse protestar ou mesmo considerar a possibilidade de fazê-lo, os lábios firmes colidiram com os dela.

O beijo era rude e possessivo, refletindo a forma como aquele homem reapareceu em sua vida, naquele dia. Apossando-se dela.

A princípio, Bailey deixou que os braços pendessem nas laterais do corpo, mas não conseguiu resistir por muito tempo. Colando-se ao corpo musculoso, agarrou-se ao tecido da camisa que ele usava, temendo despencar no chão se não o fizesse.

Três meses.

Há três meses não experimentava aquela sensação. Era muito melhor do que se lembrava. Mas no segundo seguinte, Raphael a soltou.

– Como disse, veremos.

Lançamentos do mês:

PAIXÃO 482 – ATRAÇÃO INESPERADA – ANNE MATHER

Abby daria qualquer coisa para se tornar amante de Luke Morelli, mas sabia que o romance era proibido. Afinal, ela era casada. Cinco anos depois, Luke está de volta, determinado a fazê-la pagar por suas mentiras e traições!

PAIXÃO ARDENTE 14 – UNIÃO AVASSALADORA – AMANDA CINELLI
Minissérie – *Herdeiros Secretos 2/5*

Perto de fechar um acordo importante, Rigo Marchesi é surpreendido por uma notícia bombástica: a noite que tivera com a atriz Nicole Duvalle resultara em uma gravidez inesperada. Agora, a única saída de Rigo é pedi-la em casamento!

PAIXÃO AUDÁCIA 14 – DESEJO PROFUNDO – MAISEY YATES
Minissérie – Amores Inesperados 2/3

O fim do noivado do príncipe Raphael DeSantis virou um escândalo internacional. Mas, para Bailey Harper, foi ainda mais surpreendente. Ao ler nos jornais que o ex-amante é um membro da realeza, ela percebe que carrega no ventre um herdeiro ao trono!

PAIXÃO ESPECIAL 005 – IRMÃOS E RIVAIS – MAYA BLAKE

Acordo impulsivo

Quando a atração que sente por sua nova funcionária se torna incontrolável, Alejandro Aguilar decide demiti-la! Afinal, é incapaz de confiar em alguém. Contudo, ele logo percebe que Elise Jameson é a mulher com a qual sempre sonhou. Mas será que ele está disposto a se entregar por completo?

Uma noite de prazer

Gael Aguilar tinha duas regras para relacionamentos: um limite de seis semanas, e não há segundas chances. Mas a aspirante a atriz Goldie Beckett acabou quebrando ambas. Afinal, noite que tiveram foi inesquecível… e resultou em consequências mais do que surpreendentes!

Próximos lançamentos:

PAIXÃO 483 – DOCE TRAIÇÃO – MAYA BLAKE

A tímida Carla Nardozzi entregou sua inocência para Javier Santino em uma noite de total rendição. Na manhã seguinte, ela fugiu, sem saber que essa rejeição marcara Javier profundamente.

PAIXÃO ARDENTE 15 – SEGREDO PRECIOSO – KATE HEWITT

Minissérie – *Herdeiros Secretos 3/5*

Alekos Demetriou proporcionou a Iolanthe sua primeira e única noite de prazer. Porém, ao descobrir que ela era filha de seu inimigo, Alekos a rejeitou... antes que Iolanthe pudesse contar que estava grávida!

PAIXÃO GLAMOUR 15 – DESCOBRINDO A PAIXÃO – MICHELLE CELMER

Nick ficou hipnotizado por sua assistente. E o que ele mais deseja é possuí-la outra vez. Porém, Nick teme estragar o único relacionamento que significa algo em sua vida Até Zoe revelar um surpreendente segredo!

PAIXÃO AUDÁCIA 15 – FONTE DE AMOR – MAISEY YATES

Minissérie – Amores Inesperados 3/3

Após um divórcio difícil, ter um filho com a mulher contratada para ser barriga de aluguel de sua ex é um escândalo que o bilionário Renzo Valenti não pode permitir. E sua única escolha é convencer a irresistível Ester a ser sua esposa!